Descifrando las Claves

del

Amor Infinito

¿Dónde estás Jonny?

Sonia Soszna

Primera edición: marzo 2022
ISBN: 9798438421306

En esta novela de ficción algunos lugares pueden ser reales, pero la historia y sus personajes son producto de la imaginación de la autora, cualquier parecido con la realidad es casualidad.

Diseño de Portada © Miguel Ángel Acosta Lara
www.fiverr.com/miguelacostalar

Le dedico este libro
a los cuatro hombres de mi vida
que, como una brújula,
le dan orientación a mi alma.

Mi Norte, mi marido Mario,
mi Este y Oeste, mis hijos Alex y Pablo,
y mi Sur, mi hermano Esteban.

ÍNDICE

PRIMERA PARTE.......................................11

Capítulo 1: El Encuentro 13

Capítulo 2: La Duda 19

Capítulo 3: La Búsqueda 25

Capítulo 4: La Desilusión.............................30

Capítulo 5: El Viaje......................................36

Capítulo 6: La Introspección 42

SEGUNDA PARTE 48

Capítulo 7: La Confesión 50

Capítulo 8: La Casualidad 54

Capítulo 9: El Sueño......................................58

Capítulo 10: El Despertar 63

Capítulo 11: El Regreso 68

Capítulo 12: La Despedida 75

Capítulo 13: La Pausa..80

TERCERA PARTE..86

Capítulo 14: El Caminar Nocturno....................88

Capítulo 15: La Pista..94

Capítulo 16: El Misterio..................................100

Capítulo 17: La Respuesta...............................104

Capítulo 18: El Dolor......................................110

CUARTA PARTE..118

Capítulo 19: El Recuerdo Futuro.....................120

PRIMERA PARTE

Capítulo 1: El Encuentro

—¿Dónde estás Jonny?

Este no es un libro, es una llamada de auxilio. Necesito encontrar a Jonny lo más pronto posible. Jonny si estas leyendo esto por favor búscame inmediatamente.

Hola querido lector, este breve relato es la mejor alternativa que tengo para encontrar a Jonny lo antes posible. Si lo conoces o si puedes hacer su búsqueda viral contáctame a la mayor brevedad. Necesito la ayuda de todos para ponerlo en las redes sociales o hasta realizar una serie en televisión para aumentar las posibilidades de localizar a Jonny.

La descripción de Jonny es muy imprecisa pero quizás alguien lo conozca. Él tiene aproximadamente 25 años, mide 1.80 m, tiene los ojos azules como el mar, de cabello castaño y corto, le gusta trabajar con animales y es posible que tenga mascotas, tiene un piercing en la oreja izquierda, y creo que vive en el sur de la Florida. Es probable que tenga una barba corta. Su nombre es Jonny, sin la "h" que usualmente se utiliza para escribir Johnny, y desconozco su apellido.

Mi nombre es Ana y vivo en los Estados Unidos cerca de la ciudad de Miami en el estado de la Florida. Yo tengo 24 años y esta es mi historia. En el verano del 2019, mi madre,

Martha Chavez, insistió que hiciéramos un pequeño viaje juntas para convivir más. Realmente no me interesaba mucho, ni estaba muy involucrada con la planeación del viaje. Mi madre y yo vivíamos solas, puesto que mi padre había desaparecido hace algún tiempo. Mi madre era enfermera y no ganaba mucho dinero, por lo que no teníamos un gran presupuesto para las vacaciones. Ella decidió que fuéramos a un pequeño zoológico cerca de Miami. A pesar de que en la Florida existen grandes parques temáticos, también hay pequeñas atracciones turísticas como ese zoológico llamado 'Ocean Life Fun'. Yo no tenía muchas ganas de ir, ya que consideraba que era muy adulta para ir a un zoológico para niños. Sin embargo, para hacer feliz a mi madre, accedí.

'Ocean Life Fun' se encontraba hacia el Norte del Lago Okeechobee, entre el pueblo que lleva el mismo nombre y Orlando. No tenía ni idea como lo había encontrado mi madre, ni porque había decidido ir ahí. Era un zoológico privado y pequeño, por lo cual no tenía grandes áreas para los animales, ni tiendas de souvenirs o atracciones impresionantes. Era sencillo, pero limpio y bonito. Había jaulas con aves exóticas, una zona de caimanes, un serpentario, y otras áreas donde no observé a ningún animal. Al parecer yo siempre tenía la mala suerte de que los animales se refugiaban en sus jaulas diminutas y lo único que se podía ver era una pata o una cola. Sin embargo, no los juzgaba, hacia un calor insoportable y los mosquitos me estaban comiendo viva.

Durante nuestra visita se presentó un espectáculo de focas. Puesto que hacía mucho calor y era el único lugar donde había sombra, nos sentamos en las gradas y observamos a un joven entrenador hacer trucos con su foca.

Realmente no estaba poniendo atención, estaba chateando con mis amigas por mi teléfono celular. El entrenador obviamente se dio cuenta y decidió escogerme a mí como voluntaria para un truco con su mascota.

—Demos un caluroso aplauso a la señorita con la playera de Miami para que sea nuestra voluntaria de hoy —dijo sin que yo pudiera evitarlo.

Los visitantes aplaudieron y mi madre se reía de mí.

—¿Cómo te llamas? —preguntó.

—Ana —contesté algo enojada.

De mala gana me levanté y me acerqué a la foca. A partir de ese momento el animal no obedeció a su entrenador. A medida que la foca no seguía sus instrucciones, el entrenador mostraba su frustración. Él se molestó y se metió atrás del escenario, yo me imaginé que había ido por más pescado para que el animal obedeciera. En ese momento la foca me miró a los ojos y me di cuenta de que había cierta conexión entre el animal y yo. Tenía unos ojos de color café oscuro que irradiaban algo especial, como si tratara de comunicarme algo. Todo lo que yo le decía ella lo hacía a la perfección. Yo estaba muy sorprendida y el público estaba contento con nuestra actuación. El entrenador que nos había estado observando regresó al escenario. Finalmente, terminó la función, los visitantes del zoológico se retiraron y mi madre decidió ir a comprar unos sándwiches a la única cafetería.

—Te espero en la cafetería, seguro ahí hay aire acondicionado —dijo mi madre.

Me quedé a solas con el entrenador y su foca que se llamaba Clío; él me invitó a acompañarlos al cuarto del personal para alimentar al animal. No platicamos mucho durante ese tiempo, y pensé que su comportamiento era extraño. A pesar de todo, el largo silencio no era desagradable. Después de un rato, él se animó a preguntarme sí siempre había tenido habilidades con los animales. Le platiqué que de niña siempre había tenido mascotas: un hámster, perros, peces, tortugas y aves, pero que ahora sólo tenía un gato negro. Súbitamente, él se acercó a mí y me miró fijamente a los ojos, acercó sus manos a mi cara y me cuestionó sobre una cicatriz pequeña en forma de corazón que tenía junto a mi ojo derecho. Le comenté que siempre había tenido esa marca y que no recordaba cuando me la había hecho. Sin mayor explicación él me miró fijamente y me dijo:

—Tú eres la mujer de mis sueños, a la que he estado esperado tanto tiempo. ¿Te casarías conmigo?

Yo no podía creer lo que me acababa de preguntar, ya que no teníamos ni una hora de conocernos. Pensé que quizás ese hombre estaba loco; sin embargo, mi corazonada me decía que él era que realmente el amor de mi vida. Yo me empecé a reír, esa risa nerviosa que te invade cuando no sabes qué decir o qué hacer. Él me sujetó la mano, tomó un marcador que tenía en su bolsillo y me dibujó un anillo en mi dedo anular y me volvió a preguntar:

—¿Te casas conmigo?

Honestamente yo no sabía qué hacer y sólo lo abracé, pasamos algunos minutos en silencio, como si nuestros cuerpos estuvieran tratando de recordar un sentimiento, que sabíamos que estaba presente, pero que no podíamos identificar con precisión. Luego él me besó tan apasionadamente que me dejó sin aliento. Mi mente pensaba "¿Ana qué estás haciendo? Tú no conoces a este hombre", pero mi corazón latía intensamente. De pronto recordé que mi madre me estaba esperando y buscando una excusa para escapar le dije:

—Tengo que buscar a mi madre. ¿Me das tu número de teléfono para que te llame más tarde?

De su chamarra sacó un viejo teléfono celular, tan viejo que no tenía ni siquiera una cámara o una pantalla. No pude evitar reír a carcajadas y le pregunté:

—¿Cómo es posible que no tengas un 'smartphone'?

Él me contestó que había tenido una novia muy celosa que constantemente le texteaba, le mandaba videos, y lo tenía localizado las 24 horas. Por lo tanto, había decidido vender su 'smartphone' y comprar un pequeño teléfono viejo. Lamentablemente, en el momento que estaba escribiendo su contacto, mi celular se quedó sin batería. Ya nos habíamos besado y me había propuesto matrimonio, pero ni su nombre sabía. Al preguntárselo me contestó:

—Jonny —pero no me dio su apellido.

Tímidamente le contesté:

—Mucho gusto Jonny —y después, sin pensarlo mucho, tomé el marcador que había dejado en la mesa y al dibujarle un anillo en su mano le contesté:

—Sí, acepto casarme contigo.

Me sujetó de la mano con cariño, pero con tal fuerza, que pensé que jamás me dejaría ir. Le aseguré que mañana vendría otra vez a ver su espectáculo y que seguiríamos platicando.

—Quédate un rato más para que nos conozcamos o más bien para que nos recordemos —insistió, lo cual me pareció un cometario muy extraño.

Pasamos un tiempo platicando de diversos temas. Recuerdo que le pregunté cuál era su lugar favorito en todo el mundo y él me contestó que Tasmania era su destino predilecto. Sinceramente, en ese momento y con mi mal conocimiento de geografía, no sabía ni siquiera donde estaba Tasmania. Él me contó que era un lugar maravilloso lleno de animales sorprendentes, paisajes espectaculares y que algún día teníamos que ir juntos. Yo le dije bromeando:

—Quizás deberíamos planear nuestra luna de miel en Tasmania.

En ese momento me puse muy nerviosa, sólo de pensar que a este joven lo había conocido hace algunas unas horas y mi mente ya estaba planeando mi luna de miel. Creo que el notó mi nerviosismo y cambió el tema.

—¿Cuál es tu película favorita? —me preguntó, yo le contesté que nunca lo había pensado pero que probablemente era 'Avatar'. Al hacerle la misma pregunta él me contestó sin titubear:

—Rain Man con Dustin Hoffman y Tom Cruise.

Yo conocía la película porque mi madre me había platicado de ella, pero no entendía porque alguien de mi edad seleccionaría una película de los ochenta. En un principio, me pareció un poco anticuado, pero noté un piercing muy extraño en su oreja izquierda y pensé que tal vez si seguía las tendencias de la moda. Entonces, lo cuestioné acerca de su piercing, mientras pasaba mi mano sobre su rostro y su barba de tres días.

—Este piercing es de mis ancestros y tiene un significado muy especial para mí, pero eso te lo contaré otro día. Mira tú también tienes un piercing —y acarició con dulzura mi oreja.

Sin duda Jonny era todo un personaje, muy diferente a todos los chicos que yo había conocido en la universidad o en mi trabajo. Finalmente, insistí que me tenía que ir y que mañana volvería para seguir nuestra plática. Al despedirse me volvió a abrazar y a besar. Fue el beso más intenso y apasionado que había vivido hasta ese momento.

Capítulo 2: La Duda

—Buenos días, mi amor, despierta.

Esas fueron las palabras que escuché, era mi madre que me estaba despertando y al abrir mis ojos me di cuenta de que me encontraba en mi cuarto. Yo estaba realmente confundida, no podía entender que estaba haciendo en mi cuarto, por lo que le pregunte a mi madre:

—¿Qué día es hoy?

Ella me sonrió y me contestó:

—El primer día de tus vacaciones, vamos a ir a Orlando como lo tenemos planeado.

Todavía acostada en mi cama, le dije que quería regresar al pequeño zoológico al que habíamos ido ayer porque tenía una plática pendiente con el entrenador de focas. Mi madre me observó y me dijo:

—¿De qué me estás hablando?

—Mamá recuerda que ayer fuimos a 'Ocean Life Fun' y que participé en un espectáculo con una foca.

Mi madre solamente sonrió y me explicó que probablemente había tenido uno de esos sueños muy intensos. Esto no era algo nuevo para mi madre, porque yo desde niña había sido sonámbula y hablaba durante mis sueños. Pero esto era diferente, yo sabía que esto no había sido un sueño y me miré la mano y vi mi anillo pintado con el marcador. Entonces, decidí preguntarle a mi madre porque tenía esa marca, ella me dijo que no lo sabía y que probablemente me lo había hecho durante mi trabajo el día de ayer. Yo trabajaba en una tienda de manualidades dónde se venden desde pinturas, estambres, marcos, plantas artificiales, hasta materiales para hacer joyería. También daba cursos de pintura algunos días de la semana.

Mi madre insistía, mientras cargaba su maleta a la puerta.

—Ya levántate corazón, que queremos salir de vacaciones.

Yo estaba muy confundida, me paré y bajé a desayunar a la cocina. Mi madre estaba preparando unos sándwiches para manejar hacia Orlando. Habíamos planeado visitar alguno de los parques temáticos de 'Disney' o 'Universal Studios'. Mientras comía mi cereal apresuradamente, le expliqué a mi madre que prefería ir a un pequeño zoológico llamado 'Ocean Life Fun'. Ella estaba muy sorprendida y me dijo:

—¿No eres ya muy adulta para ir a un zoológico infantil?

Yo insistí que quería ir ahí y le platiqué lo que había soñado ayer, ella se sonrió e insistió que yo tenía una imaginación muy grande. Después de empacar nuestras cosas en el coche, salimos de Miami y tomamos la ruta 27 rumbo al Lago Okeechobee. Siguiendo las instrucciones del GPS llegamos a ese pequeño zoológico.

La entrada era como yo la había soñado, pero se miraba un poco más descuidada y vieja. Mi madre prefirió ir a ver la sección de los caimanes, lo cual me recordó al Parque Nacional de los 'Everglades' que se encuentra al sur de la Florida, y que es famoso por todos los caimanes que viven en esa zona. En esa área, existen varios minizoológicos donde muestran a estos animales en cautiverio, los cuales han sido rescatados por estar lesionados o porque se les encuentra en propiedades privadas cerca de las albercas o clubes de golf. Mientras mi madre estaba en la sección de caimanes, yo fui con la señorita de servicio al cliente y le pregunté por el espectáculo de las focas y por el entrenador Jonny. Ella sólo me comentó que ya no había espectáculo de focas y que el entrenador había dejado el zoológico aproximadamente hace un mes. Yo no lo podía creer y le pregunté si la foca Clío seguía en el zoológico. No tenía ni idea si la foca había sido también producto de mi imaginación. Para mi sorpresa, ella me contestó que pagando la entrada VIP podía visitar los cuartos donde se entrenan a los animales. Obviamente pagué los USD$ 15 extra y me dieron el tour donde conocí a otro entrenador llamado Tom.

Tom era ya un señor mayor, quizás de 65 años, que estaba precisamente alimentando a Clío. Cuando la foca me vio entrar al cuarto, saltó y se aproximó. Tom estaba muy sorprendido por la reacción de la foca, se volteó y le dijo:

—Vaya, hoy te sientes mejor Clío.

Él me cuestionó sí yo conocía a la foca y le platiqué que había conocido a Jonny y Clío durante una presentación en el zoológico. Tom, algo incrédulo, me explicó que Jonny se había ido hace un mes y que desde entonces Clío estaba enferma. Al preguntarle sí sabía dónde encontrar a Jonny, él me aseguró que no tenía la dirección exacta ni su número de teléfono, puesto que Jonny había tenido una novia muy celosa y que desde entonces había cambiado su celular y nunca daba su ubicación precisa a nadie. Lo único que sabía es que vivía en un pequeño pueblo llamado Clewiston y que su calle se llamaba Thomas Road o Thomasville o algo similar, eso sí lo recordaba puesto que él se llamaba Tom y era algo muy fácil de recordar.

Yo estaba realmente desconcertada y ya no estaba segura si había visto a Jonny ayer o si sólo lo había soñado, sin embargo, había demasiadas coincidencias. Antes de despedirme del nuevo entrenador, acaricié a Clío y al hacerlo Tom tomó mi mano y exclamó:

—Jonny tenía un anillo dibujado con marcador en su mano al igual que tú.

Eso debía ser una señal, así que sin dudarlo busqué a mi madre y le dije que nuestra siguiente parada era Clewiston. El pueblo no estaba muy lejos del zoológico, así que mi madre aceptó la idea, aunque nunca le di una explicación.

En los Estados Unidos, además de las grandes y conocidas ciudades como Chicago o Nueva York, existen miles de pequeños pueblos. Muchos de ellos son muy similares, tienen una pequeña calle principal, dos o tres restaurantes de comida rápida, un pequeño hotel, unas cuantas calles con casas y granjas. Clewiston era uno de estos pequeños pueblos y cuando llegamos nos estacionamos en la pequeña calle principal. Al caminar por la calle pasamos por unas cuantas casas, tiendas de antigüedades y unos restaurantes locales. Mas adelante, me encontré con un pequeño cachorro, que al parecer había olido en mí la comida que le había dado a Clío hace unas horas, puesto que corrió hacia mí y empezó a oler mis zapatos. Yo lo levanté para acariciarlo y vi que tenía un collar y una medalla con la dirección del dueño que decía 'Skiddels, 192 Thomas Road'. Si esto no era una señal no tengo otra manera de explicar la gran coincidencia. Mi madre, que era entusiasta de las antigüedades, se quedó en la calle principal para hacer 'shopping'. Con mi GPS del celular encontré rápidamente Thomas Road, que estaba solamente a cinco minutos de la calle principal, y encontré el número 192. El pequeño cachorro saltó, entró corriendo al jardín y posteriormente empezó a ladrar en la puerta principal. En ese momento Jonny abrió la puerta, vio al perro y le dijo:

—¿Dónde estabas Skiddels? —después alzó la mirada y me vio paralizada en la calle. Vino hacia mí y me dijo:

—¿Ana dónde has estado? Te he buscado por todas partes.

Inmediatamente me abrazó y me besó. Después me invitó a pasar a su casa, al entrar me sorprendí de ver muchos libros viejos, CDs de música en su mayoría de los 80's y 90's, y su laptop sobre la mesa. El me sugirió:

—¿Por qué no te quedas a comer? Pediremos una pizza y podemos empezar a planear nuestro viaje a Tasmania.

Tuve que reír y le contesté:

—Claro, quiero saber a dónde voy a ir de luna de miel.

Platicamos, comimos la pizza, bebimos unas copas de vino, y vimos fotos de Tasmania en su laptop. Una cosa llevó a la otra, la tarde en Clewiston fue simplemente mágica. Lo único que puedo decir es que fueron las horas más maravillosas y apasionadas que había vivido. Después estuvimos abrazados en silencio por varios minutos, él sacó un marcador de su mesa de noche y me dibujó un símbolo alrededor de mi muñeca, era un símbolo similar al infinito, pero un poco más redondo como dos anillos entrelazados. Mirándome fijamente a los ojos me susurró que cuando el amor es verdadero es infinito, el amor es eterno y traspasa las fronteras del tiempo y el espacio. Ese momento fue inolvidable y quedó grabado en mi corazón.

Me quedé dormida en sus brazos, pero de repente escuché la voz de mi madre.

—Ana despierta, ya llegamos.

"¿Cómo que ya llegamos?" decía mi mente y al abrir mis ojos me encontraba en el asiento de mi coche. Le pregunté a mi madre que dónde estábamos y ella me respondió que acabábamos de llegar al pueblo de Clewiston, y que me había quedado dormida en el camino. "¡No, otra vez no! Esto no puede ser posible. Tuvo que haber sido real". Miré mis brazos y ahí, en mi muñeca, estaba el símbolo de los dos anillos. Le expliqué a mi madre lo que había soñado y ella me contestó que no era la primera vez que durante mi sonambulismo dibujaba algo en un papel o en la pared. Ella me volvió a relatar una historia de mi infancia, en esa ocasión mientras estaba dormida había dibujado con crayolas una cascada en la pared de mi cuarto. Mi madre me regañó mucho ese día, pero mi padre decía que había sido un mensaje del mundo de los sueños y recuerdo que hasta fue por su cámara Polaroid para sacarle una foto a lo que ese día llamó: 'mi primera obra maestra'.

—Probablemente te lo dibujaste mientras estabas dormida, mira aquí está el marcador —dijo mi madre.

Efectivamente había un marcador en el portavasos del coche, lo cual no era extraño porque yo siempre llevaba materiales en el coche a mis clases de pintura. "Me estoy volviendo loca", no había otra explicación en mi mente. Nos estacionamos en la calle principal del pueblo y mi madre se metió inmediatamente a una tienda de antigüedades, acordamos que íbamos a buscar un hotel para pasar la noche en Clewiston ya que se estaba haciendo tarde. Yo le comenté que iba a pasear en el pueblo mientras ella hacia su 'shopping'. Milagrosamente recordaba la dirección que había soñado, así que me dirigí al 192 Thomas Road.

Capítulo 3: La Búsqueda

¿Han escuchado de la palabra 'déjà-vu'? El 'déjà-vu' es cuando tienes la ilusión de haber estado en un lugar, o conocido a alguien, o escuchado algo previamente. Así me sentía yo, sabía que este lugar ya lo había visto, ya había recorrido sus calles y sabía perfectamente hacia dónde dirigirme. Sin problemas encontré la calle Thomas Road y me paré afuera de la casa 192. Era exactamente como la recordaba, de color verde con el techo café, sin embargo, el jardín se miraba abandonado. El pasto estaba crecido, los arbustos de igual manera estaban descuidados, había mucho correo y periódicos en la puerta de la casa. No obstante, me llené de valor y toqué a la puerta sin saber qué esperar. Nadie abrió, pero desde el patio del vecino un perro no paraba de ladrar. La vecina abrió la puerta de la cerca que dividía ambos jardines y el perro llegó corriendo hacia mí, era Skiddels, lo reconocí inmediatamente, pero ya no era un cachorro, había crecido bastante. La señora me preguntó si me podía ayudar y yo le comenté que estaba buscando Jonny.

La vecina me invitó a pasar a su casa y, mientras preparaba la cena para sus hijos, me platicó que Jonny se había marchado de Clewiston hace 2 o 3 meses, le había encargado al perro y que estuviera al pendiente de cualquier visitante. La señora Smith fue muy amable en darme toda esa información y prosiguió contándome que Jonny había entrado en una depresión porque le habían roto el corazón. Él era como un hijo para la señora Smith, porque había vivido en Clewiston toda su vida.

—¿No sabe usted a dónde se fue? —le pregunté.

—No, él no me dio detalles, sólo que iba a Miami a buscar al amor de su vida y que no sabía ni por dónde empezar a buscarla. ¿Eres tú la mujer que le rompió el corazón?

Con un nudo en la garganta le dije que estaba enamorada de él y que no había sido mi intención alejarlo de mi vida.

—¿Dónde podría buscarlo? —pensé en voz alta.

La Sra. Smith respondió:

—Tuvo que haberse ido a algún lugar donde hay animales, él siempre ha trabajado con y a favor de los animales. Él deseaba estudiar veterinaria, pero como se quedó sin familia no tenía los ingresos para pagar una carrera universitaria. Quizás consiguió alguna oportunidad en la escuela de biología marina de la Universidad de Miami.

Mientras estuve platicando con la Sra. Smith, Skiddels seguía a mi lado, y si hubiera podido hablar me hubiera podido decir dónde estaba Jonny. El perro me miraba intensamente como si quisiera decirme algo. Muy decepcionada, triste y confundida me fui caminando al único hotel del pueblo. Mi madre efectivamente había reservado un cuarto e íbamos a pasar la noche en ese pueblo.

Al día siguiente le sugerí a mi madre que regresáramos a Miami, pero ella no quería porque habíamos hecho planes para vacacionar toda la semana. Las dos trabajábamos mucho y sólo teníamos una semana al año para pasar el tiempo juntas. Sí le decía a mi madre que quería ir a Miami a buscar a Jonny se iba a negar. Sin embargo, como el mayor sueño de mi madre era que yo regresara a la universidad, porque yo había dejado de estudiar hace dos años, decidí mentirle acerca mis motivos reales para volver a Miami. En vez de decirle la verdad, le expliqué que quería aprovechar esa semana de vacaciones para evaluar las opciones educativas y universidades en Miami.

—Me esperaba muchas cosas de ti, pero no que me dieras esta sorpresa. Claro que te apoyo si quieres regresar a estudiar y con gusto te acompaño a la universidad.

Mi madre realmente lucía feliz después de dos años de insistirme que regresara a mis estudios, finalmente veía la luz al final del camino. Ella había sufrido mucho, trabajaba muy duro y lo único que quería era que yo tuviera un mejor futuro. Después del desayuno en el hotel, emprendimos el camino de vuelta a Miami y fuimos directo al campus de biología marina de la Universidad de Miami. Ella tenía mucha hambre así que decidió ir a comer mientras yo investigaba los planes universitarios.

En el campus me recibió un profesor muy amable que me mostró las instalaciones e inclusive vimos los tanques y acuarios donde estaban estudiando y sanando a varios animales. Había mantarrayas pequeñas, peces de todos colores y tamaños, estrellas de mar y en una sección del laboratorio estaba Clío. Mis ojos no lo podían creer y creo que Clío tampoco, porque inmediatamente alzó la mirada e hizo sonidos para llamar la atención del profesor.

—Vaya, hoy amaneciste de mejor humor Clío —le dijo el profesor y mirándome a mí me cuestionó si yo conocía a la foca.

—Sí la conozco y también conozco a su entrenador.

—Jonny la trajo y la estamos curando. Él no debe de tardar en llegar, salió a comer.

Yo estaba a punto de volverme loca, cómo era posible que lo volviera a ver precisamente con Clío en Miami. Me senté a esperarlo, mientras alimentaba a Clío con pescados frescos. De repente, escuché detrás de mí unos pasos y sin necesidad de voltear sentí la presencia de Jonny, yo sabía que él estaba parado atrás de mí. Escuche su voz decir:

—Ana finalmente estás aquí, llevo buscándote varias semanas. ¿Por qué siempre desapareces de mi vida?

—Al contrario, él que me elude eres tú. En el momento que me voy, desapareces y me cuesta mucho trabajo volverte a encontrar. Jonny ya no te separes de mi lado.

El me miró a los ojos, me beso y me susurró:

—Bueno, debemos casarnos pronto —y nos reímos juntos de felicidad.

Después me enseñó una playa que estaba muy cerca del campus donde él ahora trabajaba y cuidaba de Clío. En la playa disfrutamos de una larga plática, observamos como las olas del mar iban y regresaban. Parecía que nuestra historia de amor era como el mar, a veces agitado, a veces en calma, con mareas altas y bajas, y con olas que constantemente se iban y regresaban. Durante nuestra platica yo le conté de un documental que había visto en la televisión. Había sido un documental de la India y en aquel país lejano había un templo donde se podía pedir que en las próximas reencarnaciones uno pudiera reencontrarse con su alma gemela una y otra vez. En la India, como en muchos otros países, se cree en la reencarnación; y aunque yo no lo creía, me parecía una historia muy hermosa. Jonny se reía de mí y comentó:

—Sí, ya me imaginaba que me tienes amarrado a ti vida tras vida, pero quiero que sepas que así soy feliz y que espero estar casado contigo por toda la eternidad.

Así pasaron las horas, conversando y bromeando, hasta que finalmente nos quedamos dormidos abrazados en la playa.

Cuando abrí los ojos estaba en el pequeño hotel Clewiston. "¡Noooooooo!" gritaba mi mente, no podía creer que había vuelto a suceder lo mismo. En mi desesperación empecé a llorar, mi madre se despertó y me preguntó que me estaba sucediendo. Desconsolada le conté toda la historia, lo que había vuelto a soñar y que dudaba en estos momentos si ciertamente estaba despierta o dormida, que no sabía cuál era mi vida y cuál era el sueño. Mi madre me conocía bien y había visto esto antes. Me había sucedido algo similar cuando era niña y mi padre también sufría de alguna manera este tipo de enfermedad del sueño. Ella estaba muy preocupada y pensó que quizás lo mejor era regresar a casa a Miami. Para distraer mis pensamientos me dijo:

—¿Por qué no aprovechas esta semana de vacaciones para salir con tu amiga Mary? Me contó su mamá que ella quiere regresar a estudiar. Deberías acompañarla a visitar el campus de la 'Universidad de Miami' o el 'Miami Dade College'. Quizás tú también te animes a retomar tus estudios.

Capítulo 4: La Desilusión

Regresamos a Miami y al día siguiente fui al campus de biología marina de la Universidad de Miami y como era de esperarse me encontré con el maestro que había visto en mis sueños, se presentó como el Profesor Bulant y me dio el tour de las instalaciones. En este momento de mi vida ya no me extrañaba ni me sorprendía el ver cosas en mi vida real que había soñado unos días antes, así que entré al laboratorio con la seguridad que ahí estaría Clío. Efectivamente, ella estaba en el tanque del laboratorio y se veía de muy buena salud y de buen ánimo. Al pasar le comenté al profesor que me daba alegría que la foca estuviera mejorando. El maestro extrañado me cuestionó si yo conocía a Clío y le contesté que así era. Él prosiguió contándome que un entrenador la había traído hace algunos meses. Yo sabía que obviamente se trataba de Jonny, pero de todas maneras pregunté por su nombre, sólo para estar segura de que no me había vuelto loca. Él me confirmó que el nombre del entrenador era Jonny y lo describió como un joven muy inteligente y con un don muy especial para entender a los animales. Me platicó que Jonny había estado trabajando en el laboratorio aproximadamente seis meses y que estaba ahorrando su dinero para hacer un viaje.

—¿Usted sabe a dónde viajo Jonny? ¿Hace cuánto tiempo sucedió esto? —le pregunté.

—Él dejó el laboratorio aproximadamente hace 3 meses y yo me imagino que fue a hacer algún tipo de investigación en el extranjero, pero nunca nos dijo en qué universidad.

Yo no podía comprender como había pasado tanto tiempo para Jonny, si para mi habían sido unos pocos días. Proseguí con el tour del campus, pero ya mi mente estaba tratando de imaginar en dónde estaría en estos momentos mi querido Jonny. Después de esta experiencia ya no volví a tener ningún sueño, ni ninguna señal y mi tristeza crecía día con día. La desilusión y la depresión me estaban matando lentamente. Así pasaron varios meses, pero sucedieron dos eventos inexplicables que me dieron una esperanza. La primera coincidencia sucedió cuando limpiaba el librero de la sala de mi casa.

Mi casa era pequeña, con dos recámaras, una sala-comedor y una cocina. Teníamos lo básico en nuestro hogar, ya que ahorrábamos mucho para poder pagar todos los demás gastos de la casa. Pocas veces ayudaba a mi madre en las labores del hogar, pero como la veía tan preocupada por mí, trataba de pasar más tiempo con ella y ayudarla en la casa mientras ella seguía trabajando como enfermera. En el librero había muchos álbumes de fotos, libros de medicina, novelas históricas, pero también había una pequeña sección de libros que había dejado a mi padre. Hasta ese momento no me había percatado de la selección de libros tan interesantes que tenía mi padre: psicología, interpretación de sueños, chamanes andinos, neurociencias y otros libros esotéricos.

Tomé uno de los libros y me senté a leer. Mi gato negro, llamado Panther o Pantera, decidió hacerme compañía y jugando conmigo tiró el libro al piso.

—Panther! Te he dicho mil veces que te portes bien. Por eso mi mamá te deja en la jaula todas las noches y hasta te lleva al hospital, para que no me despiertes con tus brincos en la noche.

Cuando levanté el libro, se despegó una parte de la tapa dura del texto, y descubrí una pequeña carta que me había dejado mi padre. Esa carta decía:

"Querida Ana:

No sé si algún día encuentres esta carta y probablemente en ese momento sólo sientas rencor hacia mí, puesto que te dejé a ti y a tu madre. No tengo una explicación congruente, ni una razón lógica por haber dejado la casa. No obstante, quiero que sepas que siempre quise a tu madre y que nunca fue mi intención hacerla sufrir. De igual manera te he amado a ti desde que naciste. Algunos eventos en la vida no tienen ninguna razón de ser o explicación, pero suceden sin que tengamos ningún control sobre ellos. Temo que he perdido la razón, puesto que la realidad y la ficción se han mezclado en mi mente y tengo que descubrir si mis sueños son reales o no. La frase tan famosa que quizás has escuchado de Shakespeare en Hamlet de 'ser o no ser, esa es la cuestión' me ha dado vueltas en la cabeza. Aunque Hamlet se refiere a la vida y a la muerte, yo pienso que quizás sea entre la vida y el sueño. Es el sueño el que nos hace vivir, desear y buscar; y es la vida la que nos inspira a soñar. No pretendo que me entiendas ni que me perdones. No tortures a tu madre con preguntas a las que no tiene respuestas. Sólo te digo una cosa hija mía, que cuando el amor verdadero llega a tu vida o a tu sueño, tu vida

y tu sueño jamás volverán a ser lo mismo. Yo voy en busca del amor de mi vida, aunque quizás sólo sea un sueño. ¿Soy o no soy? ¿Es o no es realidad? ¿Será o no será un sueño?
Te amo, Papá".

Esta carta dio un giro a mi vida, puesto que comprendí que mi padre había vivido o soñado algo muy similar a lo mío. Espero que entenderlo, me lleve a perdonarlo algún día. Yo le guardaba mucho rencor porque había visto llorar a mi madre muchas noches y jamás había recibido alguna explicación por su repentino abandono. Ojalá pudiera hablar con él, para que me ayudara a contestar las mil preguntas que había en mi cabeza. Me hubiera gustado saber qué le pasó, y si yo me estaba volviendo loca. También me di cuenta de que quizás buscar a Jonny implicaba un riesgo, pero aparentemente para mi padre ese riesgo valía la pena.

El segundo suceso, o llamémosle mejor sincronicidad, fue cuando acompañé a mi amiga Mary a hacerse un tatuaje. Mary era mi mejor amiga desde que nos conocimos en la escuela, y vivía cerca de mi casa. Ella era hija de inmigrantes cubanos y amaba bailar salsa. Siempre íbamos juntas a todas las fiestas. Era la persona más alegre que conocía, aunque jamás tenía suerte en el amor. Era coqueta por naturaleza y con su larga y rizada cabellera negra siempre conseguía galanes, pero nadie que la hiciera feliz.

En esa temporada tan solitaria para mí, después de haberle perdido la pista a Jonny, ella hacía muchos esfuerzos por distraerme y hacerme feliz. Así que, ante su insistencia, la acompañé, porque quería tatuarse la imagen de una tortuga en el hombro. Cuando llegamos a la tienda la mujer que hacía los tatuajes se puso a trabajar inmediatamente en el hombro de mi amiga y para relajarla empezó a conversar acerca de últimos capítulos de una serie romántica que estaba de moda en la televisión. Ella estaba criticando a la actriz principal y le pregunté cómo sabía tantas cosas de ella. Me contestó que la piel de una persona es como un mapa, ya que revela mucho de la personalidad. Mi amiga que estaba aguantando el dolor del proceso del tatuaje no pudo evitar reír y decirle a la empleada:

—A ver, ¿qué puedes descifrar acerca de mi amiga Ana?

—Es una joven atrevida por el piercing de la India tan original que lleva en su oreja; es muy ansiosa porque veo que se muerde las uñas; es segura de sí misma porque no lleva el pelo teñido y acepta su naturaleza; y ha llorado por amor por esa cicatriz en forma de corazón que tiene junto a su ojo….

La interrumpí, porque la conversación me estaba poniendo muy incómoda, diciendo:

—Mary parece que el tatuaje te está doliendo mucho.

Me acerqué a Mary para darle valor y fue entonces cuando la empleada notó mis marcas en mi dedo y en mi muñeca y me preguntó:

—¿Qué tatuaje tan extraño? ¿Qué representa? ¿Dónde te lo hiciste? No reconozco ese tipo de tinta.

—Me lo dibujé con un marcador, pero por más que lo he lavado no se ha borrado. Son símbolos de un amor platónico.

Ella sonrió y notó mi nerviosismo y para cambiar de tema sugirió que también me hiciera un tatuaje. No me interesaba hacerme un tatuaje, pero como llevaba una camisa sin mangas, la señorita me dijo:

—Mira, hablando de mapas en la piel, podemos hacer de ese lunar qué tienes en el hombro en forma de canguro un bello paisaje australiano.

—¿Perdón? ¿A qué te refieres?

—Sí, en el hombro tienes una marca que podríamos decir que tiene forma de canguro.

Mary miró mi hombro y confirmó que desde cierto ángulo mi lunar parecía un canguro. Me miré en el espejo de la tienda. Jamás le había hecho caso a ese lunar, ni observado con detenimiento mi hombro, pero el hecho de que pareciera un canguro me dejó impresionada. Mi mente inmediatamente empezó a pensar "¿habrá sido posible que Jonny haya vuelto a dibujar en mi piel con un marcador y yo no recuerdo ese sueño, o quizás Jonny me está mandando un mensaje?". Como un relámpago reaccioné que el viaje que hizo Jonny seguramente había sido a Tasmania. Por supuesto que sí, tenía que ser un mensaje, porque se trataba precisamente de un canguro. Si hubiera sido un perro o cualquiera otro animal, el mensaje no hubiera sido tan preciso; pero qué otro lugar del mundo tiene más canguros que Australia y Tasmania.

A partir de ese día mi misión fue ahorrar suficiente dinero para comprar mi boleto de avión y viajar a Tasmania. Mi mamá estaba aterrada ante la idea y me pidió varias veces que no fuera. Me rogó que no la dejara, pero mi decisión estaba tomada, necesitaba entender si todo era un sueño o parte de la vida.

Capítulo 5: El Viaje

El viaje ya estaba planeado, volaría de Miami a Dallas, de Dallas a Sídney y de Sídney a Hobart, que es la ciudad más grande en Tasmania. Ahí me recogería una agencia de turismo que ofrecía un tour por toda la isla en una semana. Realmente no sabía por dónde empezar a buscar, así que entre más lugares pudiera visitar mayor era la probabilidad de encontrar a Jonny. Tasmania es parte de Australia, se encuentra al sur pero separada del continente por el Estrecho de Bass. Su capital es Hobart y la mayoría de la gente ha escuchado alguna vez del famoso Demonio de Tasmania, animal que desafortunadamente ahora se encuentra en peligro de extinción.

Una semana antes de mi viaje, decidí ir a visitar a Clío en el campus de biología marina de la Universidad de Miami. Con el pretexto de hablar con el Profesor Bulant me permitieron pasar.

—Profesor qué gusto volver a verlo, sólo venía a informarle que es muy probable que su investigador Jonny se encuentre en Tasmania. Estoy planeando visitar aquel país y me preguntaba si quiere que le dé algún recado de su parte.

También quería preguntar por el estado de salud de la foca Clío.

Al maestro le dio mucho gusto que fuera a visitar a Clío, puesto que, a pesar de que gozaba de buena salud, había estado con pocos ánimos.

—No me explico por qué esta foca no quiere interactuar con nuevos entrenadores. Ya está completamente recuperada físicamente. Ahora que me mencionas Tasmania, si es muy probable que Jonny esté allá. Él estaba muy interesado en hacer una investigación de la flora y fauna australiana. Él había pasado las últimas semanas leyendo acerca de los canguros, el demonio de Tasmania, el wómbat, el walabí, y toda la fauna de ese continente.

Me dio mucho gusto haber ido a saludar al profesor, puesto que reforzaba mi corazonada de que Jonny se encontraba en esa parte del mundo. También disfruté mucho ver a Clío y creo que ella también me reconoció. Esos ojos cafés hermosos nuevamente me mostraban mucho cariño. "Si pudiera te llevaría conmigo a visitar a Jonny y a los pingüinos australianos" pensé mientras la acariciaba.

Dos días antes de mi partida, mi madre me insistió que no fuera, que no la dejara y que estaba muy preocupada por mí.

—Me gustaría acompañarte hija, pero mi trabajo no me lo permite y tal vez este sea un viaje que tengas que hacer sola.

Entre lágrimas me contó que nunca entendió porque se había ido mi padre y que aún lo extrañaba. Mi corazón dolía al ver a mi madre triste y me hacía dudar sobre mi decisión de salir de viaje. Sin embargo, muy en el fondo sabía que necesitaba una respuesta y que si no lo intentaba mi vida no estaría completa.

Llegó el día del viaje. Un viaje muy largo, era una pesadilla pensar que iba a estar sentada en un avión por más de 10 horas. Armada de valor y con mi bolsa en mano me subí al avión.

Finalmente llegué a mi destino. Tasmania es un lugar hermoso, si no has viajado a esta parte del mundo te lo recomiendo ampliamente. La naturaleza es exuberante, los paisajes muy diferentes a los que conocemos en la Florida, y hay animales en todas partes. Lo podría definir como silvestre y rústico, pero con una belleza inigualable. Hay lugares muy turísticos como 'Cradle Mountain', que es muy hermoso y un patrimonio cultural de la humanidad declarado por la Unesco. Existen otros rincones menos visitados, pero con una biodiversidad impresionante.

Un día el tour nos llevó a unas cascadas llamadas 'Philosopher Falls'. Es muy difícil describir tanta belleza natural: los árboles eran enormes y de un verde intenso, el aire era cristalino y puro, se escuchaban las aves y de repente también se escuchaban ruidos entre los arbustos, que yo me imaginaba que eran diferentes animales curiosos que nos miraban. Algo extraño en Tasmania es que los animales no son tímidos. Hace apenas unos días un emú había tratado de robar el sándwich de uno de los turistas, también hemos visto y alimentado canguros y walabís. Los koalas, al contrario, casi nunca bajan de los árboles. Las serpientes son muy venenosas y el guía nos había advertido de que siempre estuviéramos conscientes qué era lo que nuestros pies iban a pisar a continuación. Nos había advertido diciendo:

—Si van a sacar una foto, ¡deténganse! No saquen fotos caminando puesto que pueden pisar una serpiente venenosa.

Sin embargo, a mí no me daba miedo, sentía que estaba en mi elemento y así explorando me separé del grupo y acabé en la cima de la cascada. Ahí parada, en lo que para mí era la cima del mundo, cuestionaba mi sentido común. Miré mi mano y me preguntaba si todo era un sueño, pero esas marcas en mi dedo y mi muñeca no me permitían abortar mi misión de encontrar al hombre de mis sueños. "Debió ser realidad" decía mi corazón, pero mi mente me contestaba "estás loca de remate, vuelve a la realidad".

Decidí sentarme a comer mi barra de granola y unas nueces, cuando de pronto apareció un pequeño canguro junto a mí. Tenía unos ojos cafés hermosos y muy tiernos, estaba olfateando mi mochila, probablemente en búsqueda de las nueces. Puse algunas almendras en las rocas y las empezó a oler; sin embargo, prefirió morder las hierbas que estaban cerca de donde yo estaba sentada. Me impresionaba que no me tuviera miedo, era un momento mágico. Yo estaba muy entretenida viendo a mi pequeño amigo, cuando escuché voces y pensé que era mi grupo que me estaba llamando desde la base de la cascada. Con mucho cuidado me acerqué a la orilla y vi a un grupo de personas, pero entre ellas asombrosamente vi a Jonny. No lo podía creer. ¡No lo podía creer! No podía creer lo que veían mis ojos, y mi instinto fue gritarle para que escuchara mi voz a pesar del ruido que hace el agua al caer por una cascada.

—¡Jonny, Jonny, JONNY!

Sin embargo, él no miraba hacia arriba, no me había escuchado. El grupo de turistas con el que iba Jonny estaba sacando fotos y yo intuía que dentro de pocos minutos el guía los iba a llamar para caminar de vuelta al estacionamiento y proseguir con su tour. "Piensa rápido Ana. ¿Qué puedo hacer? Si bajo por el camino es muy probable que ya no los pueda alcanzar y voy a volver a perderle la pista."

—¡Jonny, Jonny, JONNY!

Él seguía sin escuchar, seguí pensando y la única solución que encontraba, era saltar por la cascada para llegar a él. Mi mente decía: "Ana si estás dormida en el avión y sólo estás soñando nada te va a pasar. Por el contrario, si es realidad, es una cascada, es agua, vas a caer en agua, y no te va a pasar nada. ¿Estaré soñando en el avión o estaré realmente aquí en la cascada viendo a Jonny?" Era una decisión extremadamente difícil, porque ya no sabía si mi mente me engañaba, pero decidí tomar un salto de fe y brinqué.

Sentí que mi caída duró mucho tiempo y cuando caí en el agua me sumergí profundamente. Sentí el agua helada, mi cabeza golpeó con una roca y estaba perdiendo el conocimiento. Estaba perdiendo el aire, no podía respirar, pero algo me sacó del agua y me arrastró a la orilla. Abrí mis ojos brevemente y vi a Jonny.

—Ana no me dejes, aquí estoy, no me dejes, no cierres los ojos.

Cuando volví a reaccionar estaba en una cama de hospital y Jonny estaba sentado junto a mí, sujetando la mano en la que me había dibujado el anillo. Me sonrió y me dijo:

—Esto no es lo que tenía en mente para nuestra luna de miel.

Yo no podía respirar, mucho menos hablar, sólo le sonreí. Sentí que mi cuerpo se había roto, tenía un fuerte dolor en el pecho, quizás me había roto las costillas, pero mi corazón estaba completo. Lo único que le pude susurrar fue:

—Te amo.

Cerré mis ojos y lo escuché gritar:

—Ana no me dejes nuevamente, te necesito en mi vida, no puedo vivir sin ti, recuerda que me prometiste casarte conmigo. ¡Ana reacciona! Te amo, no me dejes.

Eso fue lo último que escuché. Ahora todo es silencio y me encuentro en una oscuridad que no comprendo. No tengo miedo, pero no sé dónde estoy, me abraza una oscuridad cálida y un silencio pacífico. "¿Dónde estoy y dónde está Jonny? Tengo que despertar. ¡Despierta!". Era la primera vez en mucho tiempo en que ansiaba despertar.

Capítulo 6: La Introspección

No sé si han pasado horas o días. Estoy en una oscuridad que no comprendo. Recuerdo que salté de la cascada en un afán desesperado por alcanzar a Jonny. Me duele mi cuerpo y sé que estoy acostada en una cama. Percibo ciertos sonidos y sensaciones, pero es como si mis sentidos estuvieran adormecidos. Sin embargo, mi mente esta despierta y me cuestiono qué es lo que ha pasado.

¿Qué he hecho durante los últimos meses de mi vida? Recuerdo muy bien a Jonny, pero no sé si fue realidad o sólo un sueño. ¿Estuve persiguiendo un fantasma? ¿O soy yo el producto de su imaginación? No obstante, estoy segura de que siento su mano sosteniendo la mía, escucho su voz susurrándome "te amo" al oído. No entiendo si estuve persiguiendo mi pasado o mi futuro. No me hace sentido el hecho que para mí han pasado menos días que para Jonny. Lo que para mí era un día, para él habían sido semanas y meses. ¿Es el tiempo relativo para quien lo observa? ¿Es por eso por lo que a veces una hora de espera es eterna, pero una hora de placer se escapa como si fuese un minuto? Si Jonny y yo somos reales, ¿quién vivía en el pasado y quién en el futuro? ¿Quién es real y quién es el sueño?

En realidad, no importa, siempre y cuando pongamos atención y lo disfrutemos, porque una cosa es cierta: el tiempo no vuelve. En este momento, no puedo hacer nada acostada inconsciente en esta cama, pero sí puedo enfocarme y sentir el latir de mi corazón, cómo fluye la sangre por mi cuerpo, como el aire sale y entra por mis pulmones. He estado tan ocupada haciendo cosas, todos los días trabajando, saliendo con amigas o viendo la televisión que no me he percatado de todo lo que sucede dentro de mí. Es más importante pensar: ¿Quién soy? En vez de derrochar la vida planeando: ¿Qué voy a hacer o tener hoy, mañana o en un año?

No importa si fue un sueño o realidad, pasado o presente, pero me gustaría decirle a Jonny una vez más "te amo". Mi encuentro con él fue único e intenso, y espero poder despertar en sus brazos. Confío en que todo este suceso en Tasmania haya sido también parte del sueño. Sé lo que siento por él, es un amor que traspasa el tiempo, la lógica y el espacio. Quisiera abrir los ojos y verlo una vez más, pero al menos su recuerdo me acompaña en esta oscuridad.

Por otro lado, me atormenta pensar en mi madre. Seguramente estará muy preocupada por mí. ¿Cuándo fue la última vez que le dije "te amo"? Quería mucho a mi madre, pero los últimos años estuvimos tan ocupadas trabajando que se nos pasaron las semanas en la rutina. Hay que disfrutar a las personas que tenemos en nuestra vida sin dar por hecho absolutamente nada. ¿Que podría darle ahora a mi madre? ¿Cómo decirle que estoy bien? Quisiera darle un último regalo para agradecerle todo lo que ha hecho por mí y expresarle todo mi amor y agradecimiento.

¿Y mi padre? ¿Dónde estará en estos momentos? Es un enigma que también me gustaría resolver. Cuando no tenemos respuestas, imaginamos muchas, y hasta creemos que esas explicaciones son reales. Deseo volver a verlo y preguntarle qué fue lo que realmente le pasó. Intuyo que existe un motivo poderoso, pero que lamentablemente ahora no conozco. ¿Quizás en un futuro? Es hasta cierto punto irónico pensar en un futuro, si no comprendo mi pasado y no estoy segura de mi presente. La verdad es que nadie sabe lo que pasa en el corazón y en la mente. Así como ahora Jonny no puede escuchar mis dudas, arrepentimientos y deseos. Las palabras en la carta de mi padre inundan mi cabeza:

¿Soy o no soy? ¿Es o no es realidad? ¿Será o no será un sueño? ¿Quién soy?

SEGUNDA PARTE

Capítulo 7: La Confesión

¡Aquí estoy Ana!

Esto es una llamada de auxilio, un grito desesperado. Necesito sanar a Ana lo más pronto posible. Si estas leyendo esto y crees en el amor y las fuerzas invisibles que nos conectan a todos, por favor invoca la luz o una oración para ayudar a Ana y a todos los pacientes que se encuentran hospitalizados alrededor del mundo en este momento.

Ya han escuchado la historia de Ana, pero no saben todavía cómo es ella. Ana tiene aproximadamente 24 o 25 años, mide 1.65 metros, tiene los ojos cafés como la tierra, el cabello castaño obscuro y largo, trabajaba en una tienda de manualidades, tiene un hermoso piercing en la oreja derecha y vive cerca de Miami Florida con su madre Martha y su gato negro Panther. Yo supongo que es de decendencia latina porque se apellida Chavez, aunque se escribe sin acento, pero no sé si sus padres sean: peruanos, mexicanos, venezolanos, colombianos, cubanos o de otro país latino, puesto que en Miami viven muchos latinoamericanos.

Mi nombre es Jonny y vivo en los Estados Unidos de Norteamérica, en el sur de la Florida. Yo tengo 26 años y esta es mi historia. En el verano del 2015, mi madre Susan Carter y mi padre Calian, insistieron en que hiciéramos un viaje juntos para conocer a los familiares de mi padre en una reservación india. Realmente no me interesaba mucho, ni estaba muy involucrado con la planeación del viaje. Mis ancestros por parte en mi padre eran indios nativos de los Estados Unidos, pero cuando mi padre decidió casarse con una norteamericana, descendiente de ingleses, prácticamente perdió todo contacto con sus raíces. Mis padres eran felices y yo era hijo único. Siempre noté en mi padre la nostalgia de su vida en su pueblo y con su gente. Ese verano, ante la insistencia de mi padre, mi madre accedió al viaje familiar para visitar a mis abuelos.

Antes de entrar en los detalles quiero decirles que, en estos momentos, estoy sentado junto a la cama de hospital dónde se encuentra Ana. Estamos en Tasmania, en lo que debió ser nuestra luna de miel. Sin embargo, nuestro extraño destino ha causado un terrible accidente en el cual Ana casi pierde la vida. En un intento desesperado, saltó de una cascada sin medir las consecuencias. Ahora tiene las costillas fracturadas y el cerebro inflamado por el golpe que recibió en la cabeza. Los médicos no me dan muchas esperanzas, pero no voy a dejar ni un segundo este cuarto de hospital hasta que ella abra los ojos para reflejarse en los míos. En esta terrible circunstancia, he iniciado mi relato, diciéndole a mi amada:

—Ana, tengo que confesarte que yo ya te conocía. Tú no lo recordabas, pero lo intuías. Jamás me preguntaste cuándo te conocí en aquel pequeño y olvidado zoológico. Ahora puedo platicarte cómo empezó todo, espero que me estes escuchando.

Hace cinco años, en el verano del 2015, cuando tenía 21 años e iba a empezar mis estudios para algún día convertirme en un veterinario, viajé con mis padres para conocer a mis abuelos. Trágicamente tuvimos un grave accidente automovilístico en la autopista. Mis padres fallecieron inmediatamente y yo sobreviví, pero estuve en coma, inconsciente por dos años. Durante ese tiempo la única persona que me iba a visitar era la hermana de mi padre, la tía Helki. Aunque durante ese tiempo no mostraba ninguna mejoría, mi mente estaba muy despierta y estaba consciente de alguna manera de lo que pasaba a mi alrededor. Mi tía se sentaba horas junto a mi cama y durante esos dos años me contó muchas leyendas de su pueblo y muchas historias de mi padre.

Calian y Helki eran los hijos del curandero del pueblo, y previamente su abuelo también había sido el curandero. En el pasado la tribu Miccosukee, al igual que muchas otras, habían habitado la Florida. Hoy en día, todavía existe una reservación india cerca de Miami. Calian, que significa 'Guerrero de la Vida', había heredado ciertas habilidades de su padre y se pensaba que él sería el próximo curandero. Helki, que significa 'tocar', también gozaba de cierta sensibilidad y yo apuesto que fue ella quien me sanó con sus manos mientras estaba en el hospital. Mi abuelo se molestó mucho con mi padre cuando él decidió casarse con mi madre y mudarse a Clewiston, lo cual causó un gran distanciamiento. Era muy poco lo que yo sabía de mi familia paterna, pero mi tía Helki me platicaba cada semana una historia diferente. Ella comenzó diciéndome:

—Querido Jonny, te voy a platicar muchas cosas y quiero que me pongas atención, aunque tu cuerpo está ahora atrapado en este estado de coma. Para comenzar, necesito que sepas tu origen. Tu abuelo fue al hospital la noche que naciste, a pesar de que no hablaba con tu padre, porque había previsto que tú tendrías un destino inusual.

Helki prosiguió explicando que mi nombre lo había decidido mi abuelo: "**J**aguar **O**f **N**ight" (Jaguar de la Noche), pero mis padres lo americanizaron usando las iniciales JON y agregando -ny, llamándome JONNY. Los nativos americanos, al igual que muchas tribus indígenas alrededor del mundo creen en los espíritus animales como guías en esta vida. Ellos tienen un gran respeto por la naturaleza y la protegen. Aquí, en Estados Unidos de Norteamérica, los nativos americanos tienen como guía espiritual a la pantera, pero no al jaguar. El jaguar es un guía espiritual para otros pueblos sudamericanos como por ejemplo en el Perú. Mi abuelo había previsto que, aunque tenía sangre de la tribu Miccosukee, de alguna manera estaría vinculado con alguien de otra decendencia, quizás sudamericana. Por lo tanto, consideró que Jaguar era un nombre más apropiado, en vez de Puma o Pantera. Agregó 'of night' porque nací casi a la media noche y además vislumbraba un gato negro en mi destino, quizás una pantera negra.

Cada día, por dos largos años, Helki continuó relatando la vida de mi padre y mis abuelos. De esta misma manera yo le relataba a Ana mi historia, mientras se recuperaba en el hospital. Sin embargo, me cuestionaba si ella podía escucharme, pero me esforcé por transmitirle todo acerca de mi vida.

Capítulo 8: La Casualidad

"¿Las casualidades son realmente casualidades?" Esa era una pregunta que me hacía con frecuencia. Recuerdo que en mi infancia tenía una habilidad enorme para que los animales respondieran a mis órdenes. Por esa facilidad de comunicarme con los animales de manera intuitiva, muchos años después conseguí un trabajo de entrenador. Nunca sabía con certeza si era una casualidad cuando un animal me obedecía, o si realmente tenía algún tipo de talento especial. En mi casa jamás hablábamos de la tribu de mi padre, ni nada que tuviera que ver con mi abuelo y sus habilidades, pero siempre que sucedía algo insólito con un aminal mi padre me decía:

—Jonny tienes un talento especial, escucha a los animales y protege la fauna toda tu vida. Has heredado un poder único.

No solamente tenía talento con los animales, también era muy bueno descifrando pistas. Yo estaba convencido que la vida nos dejaba mensajes y que se necesitaba de intuición y atención para descubrirlas. Esa atención a pequeños detalles es lo que me llevó a descubrir a Ana.

En el hospital en Tasmania continué mi narración y le dije a Ana:

—¿Recuerdas que cuando te conocí me fijé en esa pequeña cicatriz cerca de tu ojo en forma de corazón? Tú me contestaste que no recordabas como te la habías hecho. Aunque no lo creas yo si lo sabía y es aquí donde empiezas a sorprenderte ante las grandes sincronicidades de la vida.

Yo continuaba relatando todo lo acontecido en mi pasado a mi amada Ana. Mientras yo estaba en coma, en 2015, me visitaba un gato negro llamando Panther, que me transmitía muchos sueños. Después de haber despertado de mi coma, en 2017, me preguntaba: "¿Cómo llegaba a mi cama de hospital un gato negro o sólo lo había soñado?" Hasta que conocí a Ana, en 2019, y me platicó un poco de su vida, madre y mascota, no había podido explicármelo. Después de conocerla, investigué en los archivos del hospital y su madre había sido la enfermera en el turno nocturno en el piso del hospital donde yo estuve internado dos años en el cuarto número siete. Mi hipótesis era que ella seguramente había llevado al hospital al gato de Ana. Posteriormente, para comprobar mis sospechas, llamé a mi tía Helki y me contó que efectivamente había conocido a una enfermera que llevaba a su gato al hospital y lo dejaba encerrado en su jaula debajo de su escritorio. Helki me platicó que, en aquel entonces, le había pedido a la enfermera que en lugar de enjaular al gato lo pusiera en las noches en mi cama para hacerme compañía. Ella le respondió a mi tía:

—No puedo hacer eso, porque el hospital me va a despedir.

Sin embargo, mi tía le aseguró que sería un secreto entre ellas.

—Mi sobrino ama los animales y lo obedecen. Estoy segura de que el gato se portará bien y Jonny tendrá con quien platicar en sus sueños.

Por esa secuencia extraña de eventos, yo digo que no existen las casualidades. Después de que ha pasado un tiempo, todos los acontecimientos hacen sentido, por muy ilógico que suene al principio, si pusiste atención a los detalles. Definitivamente yo era muy bueno descifrando pistas.

—Ahora Ana, te voy a platicar como Panther me contó acerca de ti en mis sueños. No creo que haga falta explicarte todo lo que es posible hacer o imaginar mientras dormimos.

Yo tenía la esperanza de que Ana escuchaba todo lo que le estaba platicando y seguí contándole lo sucedido.

—Debió ser una de las primeras noches que Panther durmió en mi cama; porque soñé que veía su collar y en él había una medalla que decía 'Panther, Ana Chavez 305-756-4100'. Te vi, en mis sueños, y tenías aproximadamente 18 años y jugabas con tu gato en la sala de tu casa. Como Panther era un gato muy inquieto, te rasguñó justo junto a tu ojo. Lo tiraste del sillón y te fuiste a curar la herida. Era muy pequeña, pero si lo suficiente como para dejarte una cicatriz a la que ya no diste mayor importancia.

Yo si lo recordaba vívidamente cuando la conocí y fue de esa manera, por ese detalle que hasta ella había olvidado, que la pude reconocer. Esa pequeña cicatriz fue una clave que pude recordar y descifrar. Yo siempre meditaba: "todo eso a lo que no le damos importancia, son pequeños momentos de la vida. Son tan breves como un respiro, pero que cobran la importancia de un aliento. Si dejas de respirar más 60 segundos, dejas de existir. Si dejas de mirar más de 60 señales quizás pasen oportunidades que jamás se repetirán."

—Querida Ana, ¿me sigues escuchando? ¿Ya recordaste la cicatriz que te dejo Panther y como yo te acaricié la mejilla cuando te conocí en el zoológico? Te voy a decir otra casualidad y ya te dejaré descansar para mañana platicarte más. ¿Alguna vez revisaste el significado de tu apellido? Chavez significa 'llaves' o 'hacedor de sueños'. Definitivamente tienes las llaves de mi corazón y siempre estás en mis sueños. O quizás ¿me has creado en tus sueños y tienes las llaves para resolver el misterio?

Ana nunca me contó nada acerca de su padre, ni de sus ancestros, pero me podía imaginar que no era una coincidencia. Me preguntaba: ¿cómo había sido su padre o su abuelo, teniendo un apellido paterno tan enigmático? Alguna otra razón debía existir. Este era otro enigma que resolver.

Capítulo 9: El Sueño

Mi tía me contó que estuve en coma casi dos años. Mientras estuve en ese estado vegetativo, el tiempo transcurría de manera muy diferente. No existían los amaneceres ni los atardeceres, no sentía ni frío ni calor, no escuchaba ruido, pero tampoco era consciente del silencio, mucho menos podía oler o saborear un buen desayuno. Me di cuenta de que el tiempo no tiene ningún significado, puesto que para mí un día, un año o una década hubiera sido lo mismo.

Después de mi experiencia, cuando desperté en 2017, estuve investigando acerca de los sueños. Existen muchas teorías de psicología, esoterismo, y otras ciencias acerca de los sueños. "¿Qué eran realmente esos espejismos nocturnos?", me cuestionaba. Recuerdo que había momentos de total oscuridad, sin embargo, me sentía seguro. En otras ocasiones soñaba que estaba sentado frente al mar y pasaba las horas mirando las olas deslizarse en la playa. En varios instantes lograba sentir la presencia de mi tía, el doctor y de Panther. En algunas fases que no puedo definir en minutos, horas o días, soñaba muy vívidamente con experiencias pasadas, presentes y quizás hasta futuras.

Muy seguido soñaba con una joven misteriosa llamada Ana Chavez. Recuerdo un sueño muy divertido en donde ella iba a una fiesta con una amiga. Ana se veía hermosa, llevaba su larga cabellera peinada en una trenza, vestía unos pantalones de mezclilla ajustados, una blusa blanca y unos aretes de pluma. Bailó salsa toda la noche y cuando su amiga llegó llorando por desamor, ella la llevó a su casa y pasó toda la noche platicando con ella, tratando de hacerla reír.

—Mary ya sabes que para encontrar al príncipe tienes que besar muchos sapos y este muchacho no llega ni a renacuajo —le dijo Ana.

Su amiga no paraba de reír y juntas salieron al jardín, se acostaron en el pasto y vieron las estrellas. En los sueños, en ocasiones, uno puede leer o intuir los pensamientos de los demás personajes; y recuerdo que, en ese sueño, yo podía leer la mente de Ana. Ella pensaba: "como quisiera que Mary encontrara a un chico que realmente la cuide, ella se lo merece, es tan buena amiga". Me pareció tan noble y sincera, que empecé a sentir un gran cariño y muchas ganas de conocerla en persona.

En otra ocasión soñé que ella estaba realmente preocupada por su madre. En mi mente vi cómo estaban sentadas alrededor de la mesa de la cocina platicando acerca de los planes para ir a la universidad. Su madre le insistía que siguiera sus pasiones y que buscará algo que realmente la hiciera feliz.

—Pero mamá, ya sabes que a mí me gustaría estudiar para ser psicóloga o trabajadora social porque me gusta ayudar a las personas, pero eso no deja dinero, ni paga las cuentas y lo que yo quiero es que tú dejes de trabajar como enfermera— le dijo a su madre.

La mamá insistía que sí ella y su papá habían dejado todo atrás en sus países de origen, era para tener un mejor futuro y mejores oportunidades en la vida. Ana pensaba “si eso la va a hacer feliz, voy a estudiar en alguna escuela técnica, que no sea muy cara, y voy a buscar un trabajo para ayudarle con los gastos”.

Con cada sueño, me enamoraba más de esta misteriosa joven. Aunque eran sueños experimentados en estado de coma, yo recordaba vívidamente muchos detalles. Recordaba a la perfección como se veía Ana y como era su corazón: noble, generoso y amoroso.

A veces también hay sueños tan extraños que aparentemente no tienen sentido, pero si logras recordarlos después de un tiempo, los vas comprendiendo. En esta visión yo observé a un señor, de aproximadamente 50 años de edad, tratando de encontrar a Ana para comunicarle una noticia o mensaje. Él iba caminando por una playa, mirando a los turistas tomando el sol, jugando voleibol, tomando agua y algunos inclusive pescando en la orilla del mar. Yo podía sentir su desesperación y escuchar su pensamiento “hija recuerda siempre soñar, tu destino y mi destino están muy unidos al mundo de los sueños. Encontrarás muchas verdades, tendrás muchas críticas, enfrentarás muchos miedos, pero utiliza tus sueños para crear tú realidad”. No recuerdo qué sucedió después, esta es otra característica de los sueños, que a veces tienen final y a veces no, o al menos no los recuerdas.

En otra ocasión soñé a mis padres. En ese momento de mi vida yo no sabía que habían fallecido en el accidente, puesto que entré en coma cuando llegué al hospital y nunca tuve la oportunidad de despedirme de ellos. En mi sueño estábamos los tres pescando en el Lago Okeechobee, lo cual habíamos hecho muchas veces durante toda mi infancia. En el sueño ellos me platicaban muchas cosas, pero sobre todo recuerdo que mi padre me dijo:

—Pronto nos tendremos que ir y seguirás sólo tu camino. Busca a tu tía, porque ella tiene la respuesta a muchas de tus preguntas. Sigue mi linaje como 'Guerrero de la Vida', lo llevas en la sangre.

No recuerdo cómo terminó el mensaje que me dieron, pero intuía que esa conversación era importante de recordar.

Hay instantes en los sueños donde sólo ves imágenes sin sonido ni diálogo, ni propósito, ni lógica. Ese era el caso cuando soñaba con un jaguar y una pantera negra que caminaban en el bosque. A veces caminaban juntas, a veces se separaban, y en algunas ocasiones yo seguía al jaguar y en otras a la pantera. En algunos momentos me veía a mí en mi forma humana, sentado entre ellas, en otras ocasiones sentía que yo era el jaguar y buscaba en la selva a la pantera. Yo sé qué suena muy extraño, pero creo que eso es precisamente el común denominador de los sueños: son extraños, difíciles de interpretar y de recordar.

Otro sueño que aun no comprendo fue cuando me vi vestido muy elegante en el altar esperando a mi novia, yo supongo que era el día de mi boda, pero lo extraño fue que me soñé mucho más viejo. Era un lugar desconocido, definitivamente no era en los Estados Unidos, por el tipo de decoración que podía percibir en mi sueño. No vi a la novia y tampoco escuché su nombre. Solamente observe a un hombre ya mayor que se acercaba y me pedía que cuidara mucho a su hija y que depositaba toda su confianza en mí. Yo sólo le contesté:

—Por supuesto Don José, la cuidaré siempre.

Todos estos sueños, que tuve durante mi estado de coma, se los estuve platicando a mi querida Ana, mientras, cómo ironía del destino estaba inconsciente en un hospital en Tasmania. No sabía sí me escuchaba, pero tenía que hacer hasta lo imposible para que regresara a su estado consciente.

—Si estás soñando espero que sea conmigo; quizás en tus sueños ya estemos casados —le dije mientras le daba un beso en la frente.

Capítulo 10: El Despertar

Durante esos dos años que yo estuve en coma, también habían fallecido mis dos abuelos paternos, y Helki ya estaba agotada. Ella estuvo velando mi sueño todo ese tiempo y Panther en ocasiones me acompañaba por las noches. Mi tía ya había terminado de relatarme todas las leyendas de los Miccosukee y todas las historias que recordaba de mi padre. Muy agotada un día me dijo:

—Realmente eres un digno hijo de Calian, 'Guerrero de la Vida'. Te has aferrado dos largos años a esta vida, pero ha llegado el momento en que tomes una decisión. Te voy a contar la última historia que me contó mi madre cuando tenía más o menos tu edad.

La leyenda que me relató no sé si sea real o un mito, pero me contó que en muchas aldeas indígenas las mujeres, cuando se hacían ancianas, sabían cuando se acercaba la muerte. Ellas se preparaban y disfrutaban la compañía de sus familiares por algunas semanas o meses. Después se despedían, empacaban pocas cosas y se marchaban solas al bosque o al campo. Me imagino que realizaban algún rito o ceremonia, invocaban a los ancestros y agradecían a la Madre Tierra. Ahí en la soledad, apreciando la belleza y la naturaleza, simple y sencillamente se sentaban a esperar la muerte. Se iban en calma y en paz.

Después que contarme esa historia, Helki hizo una oración e invocó a mi abuelo. Con sus manos acarició mis brazos, mis hombros, mi cuello, mi cabeza, mi cabello y cuando llegó a mi oreja exclamó:

—¡Jamás le hicieron el piercing!

Muchos pueblos antiguos tenían la tradición de los piercings, ya sea como un rito de iniciación o solamente como un símbolo de estatus.

—Espera Jonny, tengo que ir al pueblo por el piercing que era de tu abuelo.

De camino a la aldea mi tía pasó por el cementerio dónde estaban enterrados mis abuelos, elevó una oración y le pidió con devoción a mi abuelo que si había sido curandero le transmitiera su conocimiento a ella para que pudiera despertarme. Le recordó que yo no tenía la culpa de las decisiones de mi padre y que tenía derecho a seguir con vida. Le imploró que expresara su perdón con una sanación. Ya estaba anocheciendo y, como se había pronosticado mal clima en el sur de la Florida, Helki pospuso su plan de hacer el piercing y visitarme en el hospital hasta la mañana siguiente. Esa noche pasaron fuertes lluvias, una tormenta intensa con truenos y relámpagos. Mi tía se quedó dormida pensando "mi abuelo y mi hermano están discutiendo en el cielo, ojalá hagan las paces".

En la Florida pasan muchos huracanes y tormentas, pero ésta afortunadamente pasó con mayor intensidad más hacia al norte, cerca de Jacksonville. Así que Helki pudo emprender su viaje de regreso al hospital sin tener que esperar a que bajaran inundaciones o que los caminos estuvieran bloqueados por árboles caídos. Sin embargo, en su camino, sobre el sendero que sale del pueblo, se cruzó con una enorme serpiente. Afortunadamente ella iba manejando y desde la seguridad de su coche, la dejó pasar con toda calma. Para Helki fue una señal de buen augurio puesto que las serpientes en varias culturas, incluyendo la de los nativos americanos, son un símbolo de sanación, poder y protección.

Si algún día vistan Miami y específicamente el Parque Nacional de los 'Everglades' verán que cuando llueve, los caimanes y las serpientes suelen estar más activas. Actualmente hay un gran problema en esa zona porque hay una sobrepoblación de pitones. Es una plaga que está acabando con la población de otros pequeños mamíferos que viven en la zona, puesto que las pitones se alimentan de ellos. Este es otro claro ejemplo de cómo todo tiene consecuencias que afectan a terceros. Estamos interconectamos, querámoslo o no, lo ignoremos o no; pero la ignorancia no es una excusa para disculpar nuestros actos. El problema de las pitones surgió porque algunas personas las tenían como mascotas exóticas, pero después se cansaron de alimentarlas o cuidarlas y decidieron liberarlas en la zona de los 'Everglades', sin pensar que esto afectaría al ecosistema. Estas serpientes se han reproducido a niveles preocupantes en esa zona. Además, aproximadamente 30 especies de flora y fauna se encuentran en peligro en este parque estatal, lo cual obviamente también preocupa a los Miccosukee que han vivido ahí por muchas generaciones, como es el caso de mi familia.

Mientras manejaba hacia el hospital, Helki observaba la belleza de la naturaleza e invocaba la ayuda de los espíritus animales y la fuerza de la Madre Tierra. Finalmente, cuando llegó a mi habitación, le pidió a la enfermera que nadie la interrumpiera, puesto que iba a rezar y no quería ser molestada. Luego se acercó a mí y me dijo:

—Jonny, no sé si esto vaya a funcionar porque se supone que ni siquiera un dolor intenso puede despertar a alguien de su coma, pero tengo fe en que tu abuelo, tu padre y tu animal guía nos van a ayudar el día de hoy.

Mi tía elevó una oración, tomó el algodón con alcohol, limpió mi oreja izquierda y sin más preámbulo me hizo el piercing.

—¡AYYYYYY, DUELE! —grité. Cuando abrí los ojos lo primero que vi fue a Helki bailando, riendo y llorando de la alegría.

—¡Jonny querido, bienvenido al mundo de los vivos!

Yo estaba muy aturdido, no sabía dónde estaba, no sabía por qué estaba ahí, ni qué día era. Vi cómo la puerta de mi habitación se abrió y entraron corriendo tres enfermeras que inmediatamente empezaron a tomar mis signos vitales e interrogar a mi tía sobre qué había hecho para despertarme de mi coma.

—Fue el piercing. ¡Funcionó! —dijo emocionada, mientras miraba al cielo por la ventana, como agradeciendo cierta intervención divina.

En realidad, antes del coma no había convivido nunca con mi tía. La había visto en alguna foto y sabía de su existencia, pero inmediatamente reconocí su voz, porque la había escuchado durante dos años relatándome historias. Después de algunos días me dieron de alta del hospital. Pasé varios meses con mi tía en su aldea, porque estaba muy triste por haber perdido a mis padres. Físicamente estaba muy bien, pero emocionalmente era un caos; ya que fueron demasiadas cosas que asimilar en tan poco tiempo. Decidí escribir un diario con todos mis sueños, para aclarar mi mente y sanar mi alma.

Capítulo 11: El Regreso

Rehacer mi vida después de haber perdido a mis padres, darme cuenta de que los últimos dos años de mi vida y todos sus recuerdos eran una ilusión, fue complicado. No saber ni por dónde empezar, ni qué hacer de mi vida de ahora en adelante era una encrucijada. Me sentía agradecido por seguir con vida, pero tenía que definir qué iba a hacer. Afortunadamente había restablecido el vínculo familiar con mi tía, que me apoyaba y aconsejaba. La familia de mi madre siempre había sido muy distante y eso no cambió ni antes ni después del accidente.

Regresé a la casa que había sido de mis padres en Clewiston y busqué un trabajo. Como era muy bueno con los animales, empecé a entrenar a varios animales en un pequeño zoológico. Mi sueño de estudiar veterinaria tenía que esperar ya que no tenía mucho dinero. Lo poco que había heredado de mis padres se gastó en los pagos de toda la atención médica que recibí. Estaba resignado y mantenía la ilusión de que la joven con la que había soñado efectivamente vivía en alguna parte de este mundo. Tuve una relación tormentosa a los 24 años; una chica muy celosa y posesiva, que lejos de haber sido una ilusión, fue una pesadilla. No tenía muchos amigos, solamente la familia Smith, que eran mis vecinos, y que siempre habían sido muy amables conmigo.

Mi vida era bastante rutinaria hasta que, en el verano del 2019, apareció la mujer de mis sueños. Durante una presentación con mi foca favorita en el pequeño zoológico en el que trabajaba, sucedió algo insólito. La voluntaria, que me ayudaría con un truco, dominó completamente a mi foca. Clío, que usualmente obedecía mis instrucciones al pie de la letra, comenzó a obedecer sólo a esta guapa joven. Molesto, decidí ir al cuarto de empleados por más pescado para la foca y desde ahí observé por varios minutos lo que sucedía en el escenario. Estaba muy sorprendido, puesto que Clío jamás había sido desobediente. Regresé para terminar la función y posteriormente invité a esta misteriosa mujer para que me acompañara al cuarto de entrenamiento. Después de mi accidente y mi pésima experiencia con mi anterior novia, me había convertido en una persona bastante tímida.

No sabía exactamente de qué platicar, ni qué decir; pero, mientras platicábamos de todo y de nada, observé en su rostro una pequeña cicatriz en forma de corazón junto a su ojo. "Es ella" pensé, no podía controlar mi asombro y mi alegría. Le pregunté por su cicatriz cerca del ojo y la besé. Por supuesto que ella estaba sorprendida, cómo no iba a estarlo, yo era un perfecto extraño. Si le hubiera platicado cómo la había conocido, hubiera pensado que estaba loco de remate y se hubiera alejado de ahí. Para evitar eso seguí platicando de cosas completamente triviales, pero en un arrebato decidí proponerle matrimonio. Extrañamente su reacción no fue negativa y, aunque estaba dudosa, reaccionó de manera positiva. Ella había venido al zoológico con su madre y estaba apurada por localizarla, así que se marchó con la promesa de visitarme al siguiente día, pero jamás llegó.

Mi frustración era enorme y no tenía manera de localizarla, sólo podía esperar a que ella regresara y así pasaron varios días. Afortunadamente después apareció en mi casa, y ni siquiera le pregunté cómo me había encontrado. Yo estaba completamente enamorado y mi cerebro no funcionaba de manera lógica. Pasamos horas charlando, comiendo pizza, bebiendo vino y disfrutando nuestra presencia. Era una mujer encantadora y no logré controlar la pasión que sentía por ella. Esa tarde fue inolvidable. Nuevamente se marchó y nuevamente desapareció, en esta ocasión su ausencia fue más larga y yo me estaba volviendo loco. Mientras tanto, el nuevo entrenador del zoológico me localizó para informarme que Clío estaba enferma, y decidí manejar a Miami para buscar a un amigo de mi padre que trabajaba en el campus de biología marina de la Universidad de Miami. Él me ayudó a que investigaran y encontraran la enfermedad de Clío. Al poco tiempo ella estaba mostrando una gran mejoría en su salud.

Miami es una ciudad muy grande, con mucha actividad y mucha gente, así que para distraerme decidí quedarme ahí para dedicarme a la investigación en esa universidad como ayudante de un profesor. Pasaron las semanas y Ana no había vuelto a aparecer en mi vida, y yo ya daba por perdida nuestra relación. Estaba muy triste y nuevamente me encontraba sin herramientas para encontrarla. Una vez más, ella apareció sin mayor explicación en el laboratorio donde se encontraba Clío. Mi corazón estaba lleno de alegría y la invité a pasear por la playa; donde hablamos por muchas horas y nos quedamos dormidos. Cuando desperté, Ana había desaparecido una vez más. Estaba totalmente desesperado y desilusionado, esperé semanas y meses a que ella volviera, pero nunca llegó.

Mientras esperaba, recordé dos cosas que le había prometido a mi padre: reconectarme con mis raíces ancestrales y cuidar de la fauna. También recordé que había tenido planes de viajar con Ana a Tasmania, así que, siguiendo mis instintos, busqué una oportunidad en Australia como asistente de un entrenador australiano en Melbourne. Si no sabía dónde buscar a Ana en Miami, menos sabía por dónde comenzar en Australia. Sin embargo, una corazonada me decía que era allá en donde la encontraría.

Ese continente es realmente asombroso, hay tantas especies de animales que no conocemos aquí en los Estados Unidos. Es un país de contrastes, con ciudades grandes como Sídney y Melbourne, pero también con zonas prácticamente deshabitadas, pero con mucha flora y fauna. Me intrigaba también la cultura de los aborígenes australianos y leía mucho acerca de su historia.

La diversidad de animales y plantas es impresionante, pero me interesaban sobre todo los canguros y el famoso demonio de Tasmania. Este último es un animal muy peculiar que, aunque no es exageradamente grande, sólo pesa alrededor de los 12 kilos y mide tal vez un poco más de medio metro, es extremadamente voraz. Por su peculiar apetito, sus dientes grandes, mandíbula potente, y porque se come hasta los huesos de sus presas, recibe el nombre de demonio. Habita en Tasmania y está en peligro de extinción. Estos animales sufren de una enfermedad que los lleva a la muerte, es un tipo de cáncer facial. Por cierto, hablando del tema del cáncer, descubrí que los australianos son los que más sufren de cáncer en la piel en todo el mundo, porque precisamente el hoyo en la capa de ozono está localizado sobre algunas regiones de Australia, dejándolos más expuestos a los rayos ultravioleta. La Gran Barrera de Coral, desafortunadamente, también está en peligro por diversos factores. Es muy triste darse cuenta de que nuestra falta de visión y cuidado por la madre naturaleza nos está afectando y que muchas veces negamos los hechos o simplemente los queremos ignorar. Si nos involucráramos un poco más, informándonos y haciendo algunos cambios en nuestro estilo de vida, podríamos hacer cambios significativos. Existe un proverbio chino que siempre me ha llamado la atención y dice: "El aleteo de las alas de una mariposa se puede sentir al otro lado del mundo". Viendo los problemas ambientales en Australia, me hace reflexionar sobre mis hábitos en Miami. "¿He acaso contribuido al hecho de que los australianos sufran de más exposición a los rayos ultravioletas?" pensaba; y aunque sonaba igual de imposible que el proverbio chino, me daba cuenta de que era una realidad.

Al estudiar un poco acerca de los aborígenes australianos también se me rompió el corazón. En este continente los pueblos indígenas fueron agredidos de manera muy similar a los nativos americanos en los Estados Unidos de Norteamérica. Al parecer las clases o civilizaciones dominantes y mejor armadas siempre han y siguen despojando a los pueblos indígenas en pro del comercio y la "modernización". En otras partes de mundo ha sucedido esto y sigue pasando. Todavía existen tribus que tratan de mantener su estilo de vida en zonas forestales, selvas, desiertos y reservaciones. Irónicamente son estos grupos los que más valoran la tierra y protegen su fauna y flora. "¿Por qué no podemos valorarlos nosotros?" me preguntaba.

Teniendo todo esto en mi mente hice un viaje a Uluru, que es un lugar sagrado para los aborígenes australianos. Yo había visto fotos de esa montaña roja y enorme, que es tan famosa que ha sido escenario de varias películas internacionales, pero en la vida real es aún más impresionante. Algunas personas la han llamado el 'ombligo del mundo' y ciertamente yo sentía una energía muy especial en ese lugar. Tuve la fortuna de ir con un grupo de investigadores, así que se nos permitió acampar muy cerca de la zona. Esa noche fue la última vez que soñé con Ana.

En mi sueño ella estaba acostada junto a mí, precisamente cerca de la zona de Uluru. Le estaba acariciando la espalda cuando noté una mancha o lunar en su hombro y lo besé. Bromeando le dije:

—Mira parece un canguro y para que no esté solito voy a dibujarle un compañero.

Saqué un marcador de mi mochila, delineé su lunar y junto al canguro dibujé un emú.

—¿Sabías que existe la constelación del emú?

—No te creo —se reía y me besaba.

—Claro que sí, voy a dibujar las estrellas en tu espalda y cuando anochezca te la voy a mostrar en el cielo.

Ella se reía, no sé si de las cosquillas que le hacía mi marcador en la espalda o por los besos que le daba en el cuello.

—Si fuéramos estrellas ¿crees que podríamos estar juntas? —me preguntó.

—Siempre estaremos juntos de una manera u otra, eso no lo dudes Ana. Te encontraría, aunque estuvieras en el cielo.

Abrazados, vimos las estrellas, mientras la pasión nos hacía olvidar el frío de la noche. A lo lejos escuchamos unos tambores y caminamos hacia una fogata enorme. Alrededor de ese fuego, en el ombligo del mundo, bailaban y estaban sentados ancestros de diferentes culturas. Algunos parecían cherokees, otros aborígenes australianos, inclusive me atrevo a decir que algunos se veían como incas o mayas, algunos otros probablemente provenían de África y Asia. Era una fiesta enorme y alegre. Ana y yo nos mezclamos entre los danzantes y disfrutamos de ese momento de paz y regocijo. Se sentía la tierra vibrar y las estrellas eran más luminosas. La Madre Tierra estaba feliz. Desafortunadamente, tuve que despertar y darme cuenta de que había sido un sueño.

Capítulo 12: La Despedida

Pasaron los días y los meses. Algunos fines de semana tomaba el ferry de Melbourne a Davenport, en Tasmania, para explorar nuevos territorios; con la fe y la esperanza de que, en algún momento, y en algún lugar, volvería a ver a Ana.

Aquel trágico día me encontraba visitando 'Philosopher Falls'. Tasmania, al igual que otros territorios australianos, es fascinante; había plantas y animales que jamás en la vida había visto. Mientras estábamos sacando una foto del grupo con el que viajaba, escuché un grito que decía:

—¡JONNY!

Al voltear, vi cómo alguien estaba cayendo de la cima de la cascada, precipitándose en el fondo del agua. Mi instinto fue brincar al agua y sacar a la persona. El terror y el pánico se apoderaron de mí al darme cuenta de que era Ana. Para nuestra fortuna, uno de los presentes era paramédico y le dio los primeros auxilios, mientras yo llamaba inmediatamente a los servicios de emergencia. Me trasladé con Ana al hospital de Davenport, donde estuvo en terapia intensiva por varias horas. Yo estaba devastado y pensaba "esto no es como debería de ser", y me arrepentía de haberme enamorado. Si ella no me hubiera conocido probablemente estaría sana y salva en Miami. Después de muchas horas que parecían interminables, los médicos la pasaron a un cuarto de cuidados intensivos donde no me separaba de ella.

Recordando que yo había percibido tantas sensaciones e imágenes durante mi estado de coma, decidí sentarme a su lado y platicarle todo acerca de mí para que ella se sintiera acompañada y protegida. Pasaron dos días y los médicos no tenían muchas esperanzas. Ana estaba muy lastimada por su caída, sobre todo los golpes que había recibido con las rocas habían roto sus costillas y afectado su cerebro. Yo prácticamente no había dormido, ni comido y una enfermera me preguntó:

—¿Cómo te llamas? ¿Eres su marido?

—Me llamo Jonny y ella es mi prometida —le contesté y le mostré los anillos que teníamos pintados con marcador en nuestras manos.

—Debes amarla mucho, pero desafortunadamente no eres su familiar. Hemos contactado a su madre de los Estados Unidos y llegará en aproximadamente dos horas.

Ni siquiera había pensado en la familia de Ana, pero era de entenderse que su madre viniera a buscar a su hija. Decidí ir a caminar por 'Bluff Trail' que era un camino cerca de Davenport donde también hay algunas pinturas aborígenes. De esta manera, le daría espacio a la madre de Ana para platicar con los médicos y ver a su hija. Pero antes de irme besé a Ana y le dije:

—Amor mío, nunca fue mi intención que sufrieras y, mucho menos, que tuvieras un accidente por mi culpa. Recuerda que nos vamos a casar y necesito que luches por tu vida. En las bodas los sacerdotes siempre dicen 'hasta que la muerte los separe’, pero yo te digo que te voy a amar siempre ‘AUNQUE la muerte nos separe’. No sé si estamos destinados a estar juntos en este tiempo y en esta vida; pero si no es así, te voy a encontrar no importa donde te encuentres. Si hemos traspasado las fronteras de la realidad y de los sueños, también podemos traspasar las fronteras del tiempo. Te lo ruego Ana: lucha, no me dejes, que sin ti yo no soy nada, sin ti soy sólo un sueño.

La volví a besar y le dije a Judy, la enfermera, que regresaría el próximo día. Las horas parecían no pasar, la espera me estaba matado una vez más. Antes habían sido días, semanas y meses, y aunque éstos sólo eran segundos, minutos y horas, para mí era una eternidad. Pacientemente esperé mi turno para ir al hospital. Al día siguiente, cuando llegué el hospital, Judy no estaba en la recepción y su compañera me dijo que ella había salido unos días de vacaciones. Me dirigí al cuarto de Ana y para mi terrible sorpresa la cama estaba vacía. “No puede ser” pensé, “¿dónde está?” Desesperadamente busqué a otra enfermera y le pregunté:

—¿Dónde está la paciente del cuarto número siete?

Ella sólo se limitó a decirme:

—Se fue.

—¿Cómo que se fue? ¿A dónde se fue? ¿Con quién se fue? ¿Se refiere a que se murió? ¿Por qué está vacía su cama? ¿Dónde la están velando?

—Disculpe señor no le puedo dar más información por respeto a privacidad del paciente. ¿O es usted familiar de la paciente?

—No, soy su prometido.

—Nuevamente discúlpeme, pero si usted no es el padre, ni el esposo, no le puedo dar más información.

"Maldita privacidad y maldita la hora en que me separé de ella" gritaba mi mente; la frustración me invadía. Hubiera sido menos doloroso perder un brazo o una mano. Este dolor era tan intenso e insoportable porque yo presentía que Ana realmente ya se había ido para siempre. Mi lógica me decía que la madre de Ana, siendo enfermera, no se hubiera arriesgado a llevársela a otro hospital y menos a otro país en el estado de salud en que se encontraba. Mi alma estaba destrozada; nunca había sentido tanto dolor, ni si quiera cuando desperté del coma.

En medio de ese dolor y pánico, recordé algo que mi padre me había platicado hace mucho tiempo. Fue una plática que tuvimos, probablemente en diciembre del 2014, cuando falleció la hermana de mi madre que había sufrido de cáncer. En esa ocasión, mi madre había llorado mucho porque no pudo despedirse de su hermana, que había fallecido en un hospital en Atlanta. En esa ocasión mi padre me dijo:

—Cuando nuestros seres queridos están convalecientes y presienten que la muerte está cercana, en ocasiones esperan hasta que han podido despedirse de sus seres queridos de una u otra forma, consciente o inconscientemente; porque quieren estar rodeados de amor a la hora de partir. En otras ocasiones, las almas prefieren morir en soledad, puesto que es demasiado doloroso despedirse de sus seres queridos y esperan a estar a solas para hacer las paces con Dios y partir al cielo. Si tu madre no pudo ver a su hermana es porque así tenía que ser.

Me preguntaba si Ana había esperado a que yo me fuera porque sabía que no la iba a dejar ir, o quizás, estaba esperando a su madre para poder irse en paz. No lo sé y tampoco lo sabré jamás. Así como la relación de Ana fue inusual y misteriosa, igualmente lo ha sido su partida; nadie me quiere decir con exactitud qué ha sido de ella. Si sólo me hubiera podido casar con ella, tendría la autoridad de ser su marido y saber su paradero. No soy nadie para el resto del mundo, simplemente no existo, pero para ella lo fui todo, un sueño de amor eterno.

Capítulo 13: La Pausa

Hoy me he sentado a la orilla del mar, al sur de Australia, cerca de Melbourne, en una zona llamada 'Twelve Apostles' (Doce Apóstoles). En este majestuoso escenario se ven enormes piedras calizas que sobresalen del mar en tonos que varían según la hora del día. En ocasiones se ven más amarillas o anaranjadas e inclusive rojizas. Recordándonos, que aun las piedras inmóviles tienen una belleza que nos quita el aliento. He viajado hasta aquí, porque necesito una pausa para meditar sobre todo lo que me ha sucedido. Me urge detenerme e inmovilizarme como una roca en medio del mar agitado.

Desde que desperté del coma, sentía la necesidad de no parar ni un segundo, porque pensaba que había perdido mucho tiempo. Cuando contaba mi historia la gente me decía:

—¡Qué barbaridad, has desperdiciado dos años de tu juventud! Debe ser terrible sentir que te has perdido de tantas cosas.

Me había convencido de que tenía que recuperar el tiempo. Por lo tanto, mis días no tenían pausas y siempre buscaba hacer alguna actividad, conocer a alguien o aprender algo nuevo. Sin embargo, en mi prisa, había olvidado valorar ese paisaje que había visto mientras manejaba al trabajo, no disfrutaba la comida porque había algo que hacer después de tomar los alimentos, y evitaba ir al cementerio a visitar a mis padres porque no quería recordar el dolor. Mi mente estaba como auto programada y me decía "sigue, sigue, sigue...no desaproveches esta segunda oportunidad de vivir". Quizás por eso sentía que mi vida transcurría muy rápido, o quizás realmente mi existencia era más veloz que la de las demás personas. Solamente mis encuentros con Ana, aunque breves, llenaban mi alma, pero sus ausencias eran eternas.

¿Qué haría ahora sin saber qué había pasado con ella o dónde se encontraba? El dolor que sentía era muy intenso, pero si algo positivo me había dejado mi tiempo en el estado de coma, era comprender que la pausa, aunque aparentemente es improductiva, ayuda a calmar el alma y asentar las ideas. Por ese motivo, decidí ir a sentarme a la orilla del mar. Ese océano inmenso y sin fin que también había visto mientras soñaba durante mis dos años en el hospital. Mientras miraba al horizonte, reflexionaba que las personas siempre quieren saber qué hay más allá de lo que pueden ver. Hoy en día sabemos qué hay más allá del horizonte, pero antes las personas imaginaban un mundo plano, en donde al final habitaban monstruos o simplemente todo terminaba. Yo no imaginaba que al final de mi historia de amor con Ana hubiera sólo pesadillas o un final absoluto. En el fondo de mi alma sabía que el amor era eterno, y que de una manera u otra iba a seguir. También intuía que la existencia no se acaba abruptamente o que nos esperan pesadillas y castigos al final de la vida.

Perdido en mis reflexiones, no me di cuenta de que un pequeño canguro se había acercado buscando comida. Era un animal muy bello y parecía que sólo quería hacerme compañía. A veces yo percibía que los animales tenían un sexto sentido, como si sintieran las emociones o estados de ánimo de los humanos. Ese pequeño compañero de alguna manera me hacía sentir mejor y alivió mi soledad. Tampoco me había percatado de que yo tenía mucha hambre, así que saqué una naranja de mi mochila. Le quité la cáscara, la partí en gajos y me la comí. Su sabor era muy dulce, pero una semilla me lastimó un diente al morderla y la escupí. Siempre me habían molestado las semillas en las frutas como la naranja o la sandía. Sin embargo, en ese momento tuve la loca idea de comparar el amor y la vida con la naranja. Hay cosas que simple y sencillamente no me gustaban, como por ejemplo la cáscara, no me la comería porque es amarga y probablemente le haría daño a mi estómago. No obstante, no me afectaba desecharla para disfrutar de la jugosa naranja. La cáscara había tenido su función de proteger la fruta para que yo la pudiera disfrutar, pero no me iba a amargar la comida. Quizás en la vida perdí de vista tantas cosas bellas por concentrarme en juzgar la cáscara. Consideré que: si me detenía demasiado tiempo en analizar si la cáscara de la naranja es muy rugosa o lisa, muy pálida o manchada, la pulpa se secaría. Creo que por eso no le sacamos el jugo a la vida, perdemos mucho tiempo amargándonos con la cáscara, que podríamos desechar fácilmente, pero nos aferramos a ella como si fuéramos a comerla también. Por otro lado, el jugo de la naranja puede ser dulce o ácido, pero me gustaba mucho y me quitaba la sed y el hambre. Cuando era muy dulce la disfrutaba mucho, pero si era ácida, aun así, me la comía porque me nutría. Así mismo la vida a veces es dulce y en ocasiones es ácida, pero de igual manera nos alimenta. La semilla no me la comía, pero siempre tiene la función muy importante de encapsular nueva vida. Nunca me había detenido a pensar en esa función esencial de la semilla. ¿Cuántas cosas había dejado yo de sembrar en mi vida, que quizás hubiera dado frutos?

En ese momento decidí enterrar esa semilla de la naranja en la tierra fértil que estaba cerca de donde me encontraba sentado y pensé "quizás algún día vuelva y encuentre un árbol de naranjas". Tal vez nunca vuelva, pero me gustaba la idea de pensar que planté una semilla que dé vida a un árbol. Había estudiado plantas y animales toda la vida, pero hasta ese momento comprendí en lo profundo de mi ser, que la vida era un ciclo y que, probablemente, la semilla que había plantado en el corazón de Ana crecería de alguna manera que me sorprendería. Así como la energía no se crea ni se destruye, sólo se transforma; el amor es igual, sólo cambia. No debía amargarme por los cambios. La vida siempre nos da la oportunidad de amar, y el amor nos hace vivir intensamente. Solamente tenía que seguir descifrando las claves del amor eterno. ¿Qué otra pista me había dado Ana? Me quedé pensando: "Tiene que haber otra clave que descifrar. ¿Qué información me compartió Ana? ¿Existe otro lugar o tema que me haya mencionado? Piensa, recuerda, no te des por vencido. Ella me encontró tres veces, ahora me toca a mí buscarla."

TERCERA PARTE

Capítulo 14: El Caminar Nocturno

¿Dónde estás Jonny?

Esta es una llamada de auxilio. Necesito encontrar a Jonny lo más pronto posible. Jonny, si eres una persona real y estás leyendo esto, por favor búscame inmediatamente. Es imperativo que me busques. Estoy en Miami y Ana se está muriendo.

La descripción de Jonny es muy ambigua, no sé mucho de él, solamente que trabajaba con animales en un pequeño zoológico al sur de la Florida. No tengo la certeza, pero supongo que la última vez fue visto en Davenport, Tasmania.

Mi nombre es Martha Chavez y vivo en los Estados Unidos cerca de Miami. Yo tengo 49 años y esta es mi historia. En el verano del 2019, yo le insistí a mi hija Ana que hiciéramos un viaje juntas para convivir más. Durante varios años ambas trabajábamos demasiado y no convivíamos mucho. Yo era enfermera y en ocasiones era responsable del turno nocturno o a veces del turno matutino. Mi hija trabajaba en una tienda de manualidades.

Ana es mi única hija y la quiero con toda mi alma. Ella es una señorita adorable y de buen corazón. Sus amistades la estiman mucho, porque es sumamente leal y cariñosa. Su mejor amiga es Mary, a la que quiere como a una hermana. No le conozco ningún novio formal a mi hija, pero sueña con un amor platónico llamado Jonny. Ella es muy creativa, creo que por eso eligió trabajar en una tienda de manualidades.

Cuando era niña su imaginación ni siquiera dormía, puesto que en las noches soñaba mucho, tanto que muy seguido hablaba o caminaba dormida. Eso se lo había heredado de su padre, que era igual de inquieto por las noches. En una ocasión, dibujó todo un mural con crayolas en la pared mientras dormía. Yo la quería regañar y castigar, pero mi marido me detuvo en la puerta de la recámara. Él la tomó en brazos, la besó y le dijo con toda calma:

—¿Qué soñaste hoy?

—Soñé con una cascada —le contestó.

Observando el dibujo, mi marido le preguntó:

—Y estas figuras que están arriba, ¿qué son?

—Papá, está muy claro, soy yo con un canguro.

Él se rio y dijo:

—Por supuesto, ahora lo veo, y estas figuras que están abajo ¿qué son?

—No lo sé, ahí se acabó mi sueño.

En aquel entonces yo no creía en cosas que no fueran comprobadas por la ciencia; por eso había estudiado para ser enfermera. Las ciencias habían sido siempre mi pasión y no aceptaba nada que fuera sobrenatural, o que no tuviera una explicación verificada y lógica. Sin embargo, en esos momentos, después de su accidente, lo recapacité y consideré que quizás ese sueño había sido un tipo de premonición. Recordé que mi marido había tomado una fotografía del mural con su cámara Polaroid y, para estar segura de que mi memoria no estaba jugándome un mal momento, desempolvé una caja llena de fotos que tenía guardada en el ropero. Efectivamente, encontré la fotografía de ese día, cuando Ana, en su niñez, dibujó su sueño de la cascada.

Durante ese viaje que hicimos en el verano del 2019 Ana actuó de manera muy extraña. No pudimos disfrutar, ni terminar ese viaje, porque buscaba a un tal Jonny que aparecía en sus sueños. Yo estaba muy preocupada, no tomé en serio sus palabras, pero si sufría al pensar que había heredado la locura de su padre: José. Él había sido un buen esposo y excelente padre, pero sufría de algún tipo de delirio. Muchos años pensé que era algún trauma que le había dejado la guerra en Irak y Kuwait que, en 1990, se llamó 'operación tormenta del desierto'. José y yo ya éramos novios en esa época y recuerdo que me decía:

—No te preocupes, yo voy a volver sano y salvo, eso ya lo soñó mi padre y me dio su bendición.

Jamás lo tomé con seriedad, pero ahora, en retrospectiva, empiezo a entender este complejo rompecabezas. Siempre es más fácil entender la razón de las cosas y sucesos analizando objetivamente el pasado. Lamentablemente, en ocasiones uno se miente a si mismo con tanto empeño, que los recuerdos ya son completamente subjetivos y ficticios. Creo que con el rencor que le guardaba a mi marido, me había creado una imagen de él demasiado negativa e injusta.

José ya era ciudadano americano, pero sus padres aun vivían en Perú cuando yo lo conocí. Sólo los visitamos una vez antes de casarnos. En esa ocasión volamos a Cuzco, Perú. Sus padres fueron muy amables conmigo y yo estaba encantada de conocer otro país. Cuzco se encuentra cerca de la espléndida ciudad inca llamada Machu Pichu. Ambos lugares me parecían mágicos y disfrutaba escuchar toda la historia y las leyendas. Recuerdo muchas cosas hermosas y otras muy originales. Caminando por las calles veía en muchos tejados una cruz con dos toros. José me explicó que era como una ofrenda a la 'Pachamama' o Madre Tierra. En Cuzco vi muchos ejemplos, donde la cultura andina se funcionaba con el cristianismo; pero para eso había que observar con cuidado todos los pequeños detalles artísticos y arquitectónicos. Cada detalle contaba un mensaje. Las calles empedradas, el mercado de artesanías y todo lo que podía observar estaba lleno de color y tradiciones. Al ir a la catedral me senté en una de las bancas para rezar y descansar, entonces observé que la pintura de la última cena era inusual. Normalmente, se ve en la mesa el pan y el vino, pero esta representación artística incluía un cuy, o conejillo de indias, que es un platillo tradicional en esa parte del mundo. Ese era un claro reflejo de la mezcla de culturas en la Américas. Sino me hubiera sentado a observar con detalle el interior de la catedral, no me hubiera percatado de ese discreto detalle o mensaje del pintor.

Después de varios días en casa de mis suegros, intuí que mi suegro era un médico, porque gente humilde lo visitaba a diferentes horas del día buscando su consejo. Al sugerirle a José que yo podía ayudarle a su padre, porque estaba terminando mi entrenamiento como enfermera, él sólo respondió:

—Él no es un médico como los que tú conoces. Él es un chamán; así que mejor no te involucres, a menos de que realmente quieras aprender de remedios naturales y escuchar ideas diferentes.

Yo tenía muy poco conocimiento de lo que significaba ser chamán; pero pensé que era mejor no indagar más, al fin y al cabo, sólo estaríamos en Cuzco unos pocos días y no quería tener desacuerdos con mis suegros. Nuestra relación era cordial pero distante.

Después de varios años y al ver que los sueños, las pesadillas y el sonambulismo de José no mejoraban, le llamé a mi suegra. Ella muy calmadamente me dijo por teléfono:

—Martha no te preocupes, José camina entre dos mundos al igual que su padre.

Cuando me quejaba con él de una caminata inconsciente a medianoche José sólo se reía y añadía:

—Martha no te preocupes, en La Biblia también había un soñador llamado José. Tal vez sea un problema con mi nombre.

Yo sentía que nadie tomaba en serio la gravedad del problema.

Podía vivir con las locuras de mi marido, fueran cuales fueran las causas, pero no podía soportar que Ana también sufriera de ese mal. Desde pequeña había hablado y caminado dormida, pero perseguir un sueño en la vida real ya era ir demasiado lejos. Aparentemente José también había encontrado a alguien en sus sueños. Cuando Ana tenía aproximadamente 15 años, José alucinaba por las noches repitiendo palabras en un idioma que yo no conocía. Cada vez era más frecuente y con mayor intensidad. Yo no podía seguir con esa situación, ya que no dormía por las noches escuchando sus lamentos y teniendo que trabajar de día como enfermera. El estrés me estaba matando, así que le dije:

—Si necesitas un tiempo, vete a Perú a casa de tus padres y vuelve cuando estes más calmado.

Esa fue la última vez que lo vi.

En una ocasión llamé a mi suegro y le pregunté por José. Él me contestó:

—Martha te queremos mucho, eres una persona muy amable y amorosa. No sabemos dónde está José, pero sabemos que está bien. Te invito a que vengas a pasar unos días aquí en Cuzco con Ana. Quizás, si te explico todo personalmente, entenderás muchas cosas y podrás soportar las encrucijadas en tu vida.

Yo le agradecí la invitación, pero jamás me atreví a hacer ese viaje. Tenía mucho miedo a todo lo que no encajaba con las creencias que yo había aprendido y con mi forma de pensar. Ese mundo desconocido me aterraba, pero con Ana al borde de la muerte me cuestioné si haber abierto mi mente a otras posibilidades le podría salvar la vida. Quizás José todavía estaría a mi lado y Ana saludable. La pregunta era: "¿Mi miedo a explorar lo desconocido, me habrá limitado en otros ámbitos?"

Capítulo 15: La Pista

Cuando sonó el teléfono, yo ya presentía que era una mala noticia.

—Buenas Tardes. ¿Hablo con la Sra. Chavez?

—Si, con ella habla.

—¿Es usted la madre de Ana Chavez?

—Si, ¿está bien?

—Desafortunadamente tuvo un accidente al caerse de una cascada. Esta muy grave en el hospital de Davenport en Tasmania.

No pude contestar, sentí como si algo hubiera golpeado mi alma.

—Señora ¿sigue usted ahí?

—Si.

—Le vamos a mandar un email con toda la información, pero le recomendamos venir lo más pronto posible. Su hija se encuentra muy grave.

Solamente pude balbucear mi dirección de correo electrónico y caí al suelo. Las fuerzas habían abandonado mi cuerpo y sólo pude llorar. Es irónico pensar que, como enfermera, había tenido que dar noticias similares y consolar a familiares de pacientes que habían sufrido un accidente o perdido a un ser querido. Jamás había sentido tanto dolor.

No sé cuánto tiempo pasé sentada en el piso de la cocina, pero cuando alcé la mirada vi una foto de mi boda, que por alguna razón jamás quité de la pared. En esa foto estaban nuestros familiares más cercanos, mis damas de honor y el mejor amigo de mi marido llamado Anthony, o Antonio para sus amigos latinos. "Eso es, voy a llamar a Anthony, seguramente él me va a ayudar" pensé mientras buscaba en la agenda su número de teléfono. Anthony y José se habían conocido en el ejército y fueron amigos muy cercanos hasta que José desapareció. Le llamé a Anthony, que era médico militar, y le conté toda la historia.

—No te preocupes Martha. Voy a organizar un vuelo para llevarte a Davenport y si es necesario transportar a Ana devuelta a Miami. Todo va a estar bien. Te voy a ayudar en todo y no te dejaré sola.

Es curioso cómo la vida va poniendo personas en tu camino, cercanas a ti o inclusive desagradables, pero tarde o temprano juegan un papel en tu vida. Algunas te dejan amor, otras: aprendizajes; algunas te ayudan y otras te ignoran, pero todas están ahí por alguna razón que quizás en ese momento no comprendes. ¿Qué sería del mar si fuera una sola gota de agua? No sería un mar, sería sólo una gota aislada. En el océano todas las gotas se mueven juntas para crear algo maravilloso y con una fuerza inigualable. A veces recibes ayuda de la persona menos esperada, es como si la vida le dijera "te toca apoyar ahora, porque eres la que está más cerca, no podemos esperar a que llegue el familiar que se encuentra al otro lado del país." A veces te toca ayudar y en otra recibes la ayuda, pero siempre agradece la mano que te levantó o la oportunidad de ser la mano que levanta. Eres una gota de agua en el océano que, aunque diminuta, pertenece al majestuoso mar y le da una fuerza monumental.

Con el apoyo de Anthony fui por Ana, que estaba realmente muy mal, pero con la ayuda de un médico tan experimentado y con la logística que fue capaz de organizar en tan poco tiempo, pudimos llevarla al hospital en donde yo trabajaba en Miami. Todo el equipo médico hizo hasta lo imposible por ayudarme. Pasaba las noches y los días junto a su cama en el cuarto número siete. No podía dejar de cuestionarme qué había pasado, usualmente Ana era muy cuidadosa. Su padre le había enseñado a escalar y le gustaba mucho la naturaleza. No podía dejar de preguntarme si el misterioso Jonny tenía algo que ver. En ese momento inicié mi búsqueda de la verdad. Recordé que todo había empezado en aquel pequeño zoológico. Dejé a Ana al cuidado de Anthony y mis compañeras enfermeras, y manejé la misma ruta que habíamos emprendido en el verano de 2019.

Llegué al zoológico y me sorprendí al ver que estaba muy descuidado. Hablando con la señorita de la taquilla me dio un pase VIP para conocer a todos los animales. Había sólo un entrenador, un señor ya mayor. Conversando con él, le pregunté si alguna vez había trabajado ahí alguien llamado Jonny. Me sentí completamente loca, ya que para mí hasta ese momento Jonny había sido un personaje ficticio en la mente de mi hija.

—Si recuerdo a Jonny, era un buen muchacho y con un gran talento para entrenar animales. No conviví mucho con él porque yo vine a reemplazarlo. Platiqué con él pocas veces antes de que se fuera a Clewiston. Jamás lo volví a ver, como si la tierra se lo hubiera tragado.

—Es usted muy amable. ¿Cómo era Jonny? ¿Por casualidad tiene su dirección en Clewiston?

—Él era bastante guapo, de ojos azules, nunca se afeitaba y recuerdo un piercing muy original que llevaba en su oreja izquierda. No tengo su dirección, pero era una calle con algo que decía 'Tom', recuerdo eso porque yo me llamo Tom.

—Gracias Tom, me ha ayudado mucho —le contesté.

Quería sentarme a llorar; no podía creer que Ana realmente lo había conocido de una manera que yo no comprendía. Yo estuve con ella en esa ocasión y no presencié nada de eso. Me cuestionaba lo que José me dijo muchas veces: 'en la vida uno solamente ve lo que uno quiere ver'. "¿Qué errores había yo cometido sin darme cuenta?" Mi visión tan limitada quizás había causado la desaparición de mi marido y el accidente de Ana. "¿Quizás odiaba tanto a mi marido que no podía ver a Ana enamorada? ¿Ignoré inconscientemente los sueños de Ana porque me recordaban a José? ¿Me estoy volviendo loca también?"

Decidí manejar a Clewiston y seguir las pocas pistas que tenía. Me estacioné en la calle principal y para mi sorpresa, recordaba perfectamente las tiendas, porque había comprado varias antigüedades en ese pueblo. Me dirigí a la pequeña oficina de información para visitantes. Una señorita muy amable me saludó y me preguntó si necesitaba alguna ayuda.

—Soy una turista perdida, pero busco a un conocido que vive en una calle que empieza con "Tom". ¿Me podría decir cómo llegar?

—Claro, tiene que ser Thomas Road. Mi tía vive en esa calle. Nuestra familia ha vivido en este pueblo por muchas generaciones. Yo ya no conozco a muchos, porque estudio en Tampa y sólo vengo de vez en cuando. Si no sabe la dirección exacta puede tocar en el número 190 y dígale a la señora que su sobrina Sofie la manda. Mi tía es la Sra. Smith y es la más chismosa del pueblo; seguro le puede dar informes hasta de los mapaches del parque principal —, y me explicó todo con lujo de detalles mientras reía.

La calle no estaba lejos, así que decidí caminar para relajarme un poco. Finalmente, encontré la calle y la casa. Sintiéndome completamente ridícula toqué a la puerta y salió un hombre fumando su pipa. Le expliqué que estaba buscando a la Señora Smith y que su sobrina Sofie me había mandado. Muy amable me dijo que pasara a la cocina, porque su esposa estaba haciendo la comida. Me sentí muy incómoda y temerosa. En Miami nadie deja pasar a un completo desconocido a su cocina, pero se sentía la inocencia de los pueblerinos. Muy amablemente me ofreció una limonada y me preguntó qué recado tenía de Sofie.

—Discúlpeme, soy la madre de una señorita llamada Ana que conoció a alguien que vive en esta calle. Él se llama Jonny y lo estoy buscando. Sofie me dijo que usted conoce a todos los habitantes de esta calle.

—¡Mi querido Jonny! Era mi vecino. ¿Usted sabe dónde está? Le he guardado su correo por años, y su perro Skiddels vive aquí. ¡Skiddels!

Un perro muy simpático llegó corriendo a la cocina esperando algún bocadillo. Después de disfrutar una galleta se sentó a mis pies como si yo fuera un familiar cercano. La Señora Smith continuó diciendo:

—También recuerdo que una jovencita lo buscó hace un tiempo. Jonny siempre me hablaba de su amor perdido, hasta que decidió mudarse a Miami.

—¿No le dio alguna dirección, o quizás conozca usted a alguno de sus familiares?

—No tengo ninguna dirección, sino ya le hubiera mandado su correo y a su perro. No tiene familia, puesto que sus padres fallecieron en un trágico accidente automovilístico hace algunos años.

Yo seguí cuestionándola, mientras miraba la casa abandonada por la ventana.

—Veo que está mirando la casa de Jonny. Mi marido hace lo posible por mantenerla para que los mapaches y extraños no se metan, pero no tenemos el dinero ni el tiempo para arreglar todo. Si ve a Jonny dígale por favor que nos urge que venga a Clewiston para venderla. También dígale que lo extrañamos mucho. ¿Quisiera ver la casa por dentro? Mi marido tiene las llaves.

Yo sentía que estaba persiguiendo a un fantasma y me daba mucha incertidumbre entrar a la casa de un desconocido, pero quizás ahí encontraría alguna pista. Era mi única opción para encontrar a Jonny, así que acepté la amable oferta de la Señora Smith.

Capítulo 16: El Misterio

Recuerdo que hace muchos años, cuando falleció mi abuela, tuve que ir a su casa a sacar su ropa y objetos de valor. Lo recuerdo muy bien porque fue un día muy triste. Sin embargo, aunque fue muy difícil ver la casa sin su presencia se percibía aún su energía. Sabía que ya no estaba físicamente con nosotros, pero podía escuchar su risa cuando miraba sus fotos, olía su perfume cuando saqué su ropa, y sentí su calor cuando me senté en su sillón favorito. Esa sensación la tuve cuando entré a la casa del misterioso Jonny.

—Disculpe el polvo, pero casi nunca entro a la casa, sólo cuando hay tormentas fuertes vengo a revisar si entró el agua a la cocina —dijo el Sr. Smith.

Le pregunte si podía pasar unos minutos recorriendo la casa en busca de alguna pista. En la sala vi CDs de los 80's, los conocía muy bien puesto que yo también los había escuchado. Sus padres debieron ser de una edad muy aproximada a la mía. Había una televisión vieja y dos sillones. La cocina estaba ordenada, lo que me daba la impresión de que Jonny se había ido de manera planeada y organizada. El refrigerador estaba vacío, solo tenía unas cervezas, lo cual me pareció muy extraño. Escuché al Sr. Smith diciendo:

—No le vaya a decir a mi mujer, a ella no le gusta que tome, así que vengo a esconder mis cervezas aquí.

Sin duda era un señor muy simpático y su cometario aligeró un poco el ambiente. Seguí buscando en las recámaras. En el cuarto, que yo suponía era el de Jonny, vi muchos libros de animales.

—Él quería ser veterinario y hubiera sido uno muy bueno, todos los animales le obedecían, pero al morir sus padres también murieron sus aspiraciones. Prácticamente se quedó sin dinero, pero era muy trabajador y responsable; estoy seguro de que ha vuelto a ser exitoso en alguna parte —dijo el Sr Smith, quien me seguía de cuarto en cuarto. No sé si era desconfianza, pero seguramente se sentía responsable de las cosas y la casa de Jonny. Quizás solamente estaba aburrido y disfrutaba de una conversación con alguien que no fuera del pueblo. Otra opción era que fuera chismoso como su mujer. Cualquiera que fuera su razón, el hecho de no estar sola me hacía sentir mejor. No encontré nada que me diera alguna pista. Le pregunté al Sr Smith:

—¿No hay fotos de la familia?

—Sus padres murieron en un accidente. Jamás conocimos a la familia de Susan, sólo supimos que una hermana de ella falleció de cáncer en Atlanta. Calian, su padre, era una gran persona; íbamos seguido a pescar al lago, pero era una persona muy callada. Además, usted sabe que los hombres, cuando pescamos, tomamos cerveza, pero no conversamos.

Nuevamente el Sr. Smith me hacía reír con sus comentarios. Era cierto, mi marido también pescaba en Miami, y para él era un momento de paz para tomar una cerveza y mirar al horizonte. Seguí observado cuidadosamente y decidí abrir los cajones de su escritorio. Encontré un libro de leyendas de los pueblos nativos de la Florida. En la primera página encontré una dedicatoria 'para que recuerdes a tus ancestros. Con amor, Helki'. "¿Entonces tenía otro amor?" pensaba. Al menos ya sabía que su padre se llamaba Calian, su madre Susan y había otro amor en su vida que se llamaba Helki.

—Es extraño que un joven con interés en biología tenga un libro de leyendas indias —dije en voz alta.

El Sr. Smith, que seguía con interés cada uno de mis movimientos, me contestó:

—Su padre tenía familiares en una aldea Miccosukee, me lo platicó una vez que ya estábamos un poco borrachos. Ese día me contó de magia y cosas raras, pero creo que sí se nos habían pasado las copas de whiskey en esa ocasión. Jamás me lo volvió a mencionar. No me metía en su vida, yo trato de mantener la distancia, al contario de mi mujer que siempre está en la vida de todos.

De pronto oímos en la puerta una voz que decía:

—¡Honey! ¿Sigues aquí cariño?

—Ya vamos amor. La Sra. Chavez ya se va —y con un guiño me susurró —vámonos antes de que descubra mis cervezas.

Les agradecí mucho a los vecinos toda su ayuda y les di mis datos por si algún día Jonny regresaba a Clewiston. Con más preguntas que respuestas regresé a mi coche. "Este joven parece que fue una buena persona, con un destino muy solitario y trágico. Pero si tanto amaba a Ana porque tenía un libro con una dedicatoria que mostraba tanto cariño de una tal Helki." Mi mente no paraba de confabular, pero decidí pasar por la oficina de turismo una vez más. Le agradecí a Sofie su ayuda.

—Tus tíos han sido muy amables conmigo y de gran ayuda. ¿De casualidad sabes de alguna aldea Miccosukee en esta zona?

—Si, hay una reservación a una o dos horas por la Ruta 27 cerca del parque nacional de los 'Everglades'.

Muy agradecida emprendí el camino. La ruta 27 de todas maneras me llevaría de vuelta a Miami, podía hacer una corta parada para investigar más.

Capítulo 17: La Respuesta

Cuando chequé mi GPS, efectivamente pude localizar el 'Miccosukee Indian Village Museum'. Yo había vivido casi toda mi vida en Miami y jamás había escuchado de una reservación india tan cerca de la ciudad. O quizás era una de tantas cosas que había descartado e ignorado. Pero, pensándolo detenidamente, recuerdo que José alguna vez mencionó que estaba pensando ir a ver a un curandero en los 'Everglades'. Probablemente ya estaba tan acostumbrada a sus alucinaciones, que no le presté mayor importancia.

Me estacioné enfrente de la tienda de souvenirs y con mucho valor me bajé del coche. Entré a la tienda y le dije al señor de la caja registradora:

—Estoy buscando a Helki.

El me miró muy intrigado y me preguntó quién la buscaba.

—Me llamo Martha Chavez y le traigo un recado de Jonny.

—¿Jonny?

—Si.

En realidad, era como lanzar un anzuelo al mar y esperar a ver si algo pasaba. No tenía ningún recado, no conocía a Jonny y no sabía quién era Helki. Solamente estaba rezando que el empleado no me preguntara más o que me dijera que no conocía a Helki.

—Un momento por favor.

Tomó su celular y sólo lo escuché diciendo:

—¿Puede Helki venir a la tienda? Una mujer trae un mensaje de Jonny.

La platica seguía sin que yo pudiera escuchar las contestaciones.

—Si estoy seguro. Yo creo que se trata del hijo de Calian.

Terminó la llamada con un breve comentario.

—Está bien, le voy a decir.

El empleado amablemente me explicó que Helki vendría en unos minutos, y que la podía esperar en la tienda. Los minutos de espera me pusieron muy nerviosa; caminaba por la tienda viendo una y otra vez todos los souvenirs. Había una pared llena de 'dream catchers', en español 'atrapasueños'. Esta tradicional artesanía de los nativos americanos sí la había visto, puesto que la venden en muchas partes, pero desconocía completamente su significado. Al verme analizando los diferentes diseños, el vendedor me dijo:

—Debería comprar uno para alejar los malos sueños y dormir mejor, se ve usted muy cansada.

Vaya que estaba cansada, creo que llevaba una vida sin dormir. Antes era mi trabajo en el turno nocturno, luego mi marido sonámbulo, después mi hija que me tenía muy preocupada y ahora la angustia de saberla en el hospital. Estaba a punto de llorar cuando alguien me tocó el hombro y me volvió a la realidad.

—¿Me buscaba? Yo soy Helki, mucho gusto.

Casi me dio un infarto, mi corazón brincó. Era una mujer casi de mi edad, de cabello negro con algunas canas y piel cobriza. "¡Yo la conocía!", mi mente gritaba, pero lo dudaba. "Era la mujer del joven que estuvo en coma en mi hospital, la que me pedía que dejara a Panther en la cama". Con ese pensamiento me desmayé.

No sé cuánto tiempo estuve inconsciente, pero cuando desperté estaba acostada en una cama. Helki entró con una tasa de té y me dijo:

—Bebe, necesitas descansar. Ya es muy tarde para que manejes a Miami. Tenemos mucho de qué hablar.

Sin duda teníamos mucho de que platicar, pero no sabía ni por donde comenzar. Ella me facilitó la situación y continúo diciendo:

—Te recuerdo, trabajabas en el hospital donde estuvo mi sobrino Jonny. Tú eras la enfermera del gato negro.

Yo sólo pude mover la cabeza afirmando su comentario.

—Pero ¿qué te trae hasta aquí?

Le conté que Ana estaba muy grave en el hospital, que ella había viajado hasta Tasmania para encontrar a Jonny y que ahí se había caído de una cascada.

—¿Pero has visto a mi sobrino? ¿Está bien? ¿Qué recado me traes de él?

—Discúlpame, le mentí al señor de la tienda. Yo no sabía quién eras tú, ni he visto a Jonny, ni tengo un recado. Siempre pensé que Ana había imaginado a Jonny, pero después del accidente no he tenido paz y decidí tratar de encontrarlo para entender qué pasó. Jamás en la vida pensé encontrarte a ti.

—Yo estoy igual de sorprendida.

Helki me relató que después de su salida del hospital en el 2017, Jonny trabajó en el zoológico, volvió a Clewiston y después se mudó a Miami.

—La última vez que lo vi fue cuando vino a despedirse. Me agradeció mis cuidados y me contó que se iba a Australia a buscar trabajo e investigar la fauna de ese continente. Después de eso no se ha vuelto a comunicar. Él jamás actualizó su teléfono, así que no tengo manera de localizarlo. ¿Me pregunto si encontró a Ana?

Yo me preguntaba lo mismo. Era increíble que yo había sido capaz de rastrear a un fantasma hasta una aldea; pero ya se habían acabado las pistas. Estaba cansada, frustrada y triste, pero veía en los ojos de Helki la misma tristeza. Si bien no había encontrado a Jonny, al menos sabía que mi hija no estaba loca; y al conocer poco a poco la historia de Jonny, había desaparecido el odio que le tenía. "Es inaudito que el ser humano pueda odiar algo o a alguien que ni siquiera conoce" se confesaba mi mente.

—Mañana pensaremos en algo. Descansa Martha.

Y con esas palabras me quedé dormida. Yo jamás soñaba, por eso me era tan difícil entender a mi marido y a mi hija, pero esa noche si soñé. Resumiendo, en mi sueño: Ana caminaba con una pantera negra en el bosque. En un claro del bosque había una cama de hospital con un hombre herido. Junto a la cama estaba un jaguar. Ella se recostaba junto al hombre y le contaba un cuento de un país lejano. De repente, un pequeño tornado elevó la cama y ambos desaparecían en el torbellino. Cuando se calmó el viento sólo quedaban la pantera y el jaguar.

Desperté sobresaltada y sin comprender mi sueño, pero ya había amanecido. En la mesa encontré una nota que decía: 'Martha, voy a acompañarte al hospital a ver a Ana. Fui a hacer el desayuno al gran comedor donde nos reunimos los sabios del pueblo. Sólo sigue el camino, a mano derecha'.

Después de arreglarme un poco y tomar un poco de agua me dirigí al comedor. Había varios ancianos desayunando, Helki era la menor de todas las personas ahí reunidas. Algunos me miraron, otros me ignoraron, pero me serví un poco del huevo revuelto y me senté junto a Helki. No había percibido cuanta hambre tenía, hasta que empecé a comer. Después de desayunar Helki me dijo:

—Puedes ver las fotos que están en la pared mientras hablo con los ancianos. Las imágenes son de las personas que habitan nuestra reservación, otras son de turistas que han visitado la aldea y que han sido bienvenidos por nuestros antepasados. Algunos han sido curados por nuestros curanderos. Eso me dará tiempo de hablar con los sabios, sin que se sientan molestos por tu presencia. No te conocen y, usualmente, son muy reservados con la gente que no pertenece a la reservación.

No sabía si sentirme ofendida, pero obedecí. De lejos observaba a Helki hablando con las personas que estaban en el comedor, pero no podía escuchar la conversación. Por lo tanto, decidí mirar con atención los cuadros en la pared. En las fotos había personas de diversas nacionalidades y edades. Súbitamente mi mente exclamó: "No puedo creer lo que ven mis ojos. No puede ser. Esto es imposible". Sin pedir permiso tomé una foto de la pared y corrí hasta Helki.

—¿Quién es él? —señalando a un hombre de la foto.

—Él era mi padre, pero ya falleció hace algunos años. Era el curandero de pueblo y el abuelo de Jonny.

—¡No puede ser! —exclamé—. El hombre que está parado atrás de él, en la sombra de ese árbol, es mi marido. José el padre de Ana.

Ambas nos miramos con asombro. Helki tomó la foto y fue a preguntarle a una anciana que nos estaba mirando. Ella respondió:

—Fue un paciente de tu abuelo. Era un hombre que caminaba entre dos mundos: el mundo de los sueños y el mundo real. Sólo vino una vez a la aldea, pero tu abuelo decía que tenía un destino especial; un destino que de alguna manera estaba relacionado con tu familia. Jamás volvió, a pesar de que tu abuelo le insistió que regresara.

Helki y yo estábamos más que sorprendidas. Nuestras familias habían estado unidas de una manera extraña. Ya no podía ser coincidencia. Ya había descartado por completo la palabra 'casualidad'. Helki tomó mi mano que temblaba y me dijo que iría conmigo a Miami a ver a Ana.

Capítulo 18: El Dolor

En compañía de Helki llegué al hospital. En la entrada ya me estaba esperando Anthony y con preocupación en sus ojos me saludó:

—¿Cómo estás? ¿Encontraste respuestas a tus preguntas?

Sin esperar alguna contestación, prosiguió:

—Tenemos que hablar.

Le presenté a Helki y mientras ella visitaba a Ana, yo fui con Anthony al cuarto donde los médicos se reúnen para discutir resultados médicos. Anthony me explicó que en mi ausencia se había tomado la libertad de tomar una serie de rayos X y resonancias magnéticas, pero los resultados no eran buenos. El problema de las costillas rotas ya lo habían diagnosticado en Australia y estaba bajo control, pero también se habían fisurado varias vértebras. La mayor preocupación era el cerebro, que estaba muy inflamado. Además, Anthony encontró una pequeña fractura en la base del cráneo cerca de la columna vertebral y una hemorragia interna. Yo era enfermera y sabía que esas eran muy malas noticias; pero nada me había preparado para lo que Anthony me iba a decir:

— Martha no te voy a mentir, es muy poco probable que Ana supere esto, y si recobra la conciencia, lo más seguro es que tenga algún tipo de parálisis en el cuerpo o un retraso mental.

—¿Por qué tuvo que sucederle esto a Ana? —me limité a decir, mientras lloraba en los brazos de Anthony.

Después de tomar unos calmantes y recuperar el aliento, me dirigí al cuarto de Ana. Antes de entrar, observé a Helki desde la puerta. Recuerdo que la había visto hace años sufriendo al lado de la cama de su sobrino, justamente de Jonny. Ella no me podía ver, pero yo la escuche decir:

—Querida Ana, que pena que tenga que conocerte en estas circunstancias. Mi sobrino Jonny me habló mucho de ti, te amaba con toda el alma. Él estuvo en esta misma cama dos largos años y tu gato Panther muchas veces lo acompañó en sus sueños. Siento que las energías se te agotan. Tranquila, aquí hay mucha gente que te quiere y te está cuidando. Concéntrate en tus sueños de amor. Relájate y escucha el latir de tu corazón. No hay mejor melodía en el mundo y está adentro de ti; sólo escucha y envía la sangre a los puntos de tu cuerpo que requieren sanación. Enfócate….

En ese momento la interrumpí entrando al cuarto. Estuvimos en silencio junto a la cama de Ana. Helki no había escuchado mi plática con Anthony, pero de alguna manera intuyó que las cosas no iban bien. Tratando de recordar cómo Jonny había salido del coma le pregunté:

—No recuerdo cómo despertó Jonny después de dos años. ¿Me lo puedes contar?

—En realidad fue el dolor del piercing que le hice. Pero sé que hubo alguna intervención de su abuelo, el curandero que viste en la foto. Parece ilógico e irracional, pero siento que hubo algo más de lo que yo puedo entender o explicar. Quizás hasta Panther le ayudó a no perder la conexión con este mundo.

—¿En serio? —fue lo único que se me ocurrió decir.

—Martha, ni tú, ni yo, ni Jonny, ni Ana, podemos decidir sobre la vida o los sueños. Tienes que confiar que, pase lo que pase, será lo mejor para ella. Pide con fe y alguna solución se te dará; aunque a veces no es precisamente la que pedimos.

Nos quedamos en silencio, las dos estábamos pensativas y nostálgicas. Yo pensaba en qué podía hacer por Ana. Por un lado, deseaba que José estuviera ahí también, pero sentía que Anthony me estaba apoyando incondicionalmente. No sabía qué estaba pensando Helki, pero podía apostar que pensaba en Jonny; ella seguramente deseaba que estuviera ahí o que por lo menos supiera dónde se encontraba y si estaba bien. Mi compañera de trabajo, a la que le había encargado a mi gato por unos días, entró al cuarto, interrumpiendo nuestros pensamientos.

—Martha, disculpa que traiga a tu gato, pero desde ayer está insoportable. Está actuando muy raro y me preocupa que se escape de mi casa, así que lo traje en su jaula. No me vieron los médicos, así que escóndelo, para que no nos llamen la atención.

Helki interrumpió diciendo:

—Coloca a Panther junto a Ana, así los dos estarán más tranquilos.

Efectivamente, el gato se portó de maravilla sentándose en los pies de Ana. Estaba ronroneando, como si le estuviera platicando algo a Ana. Helki comentó:

—Hay una fuerte conexión entre ellos, es un bello animal. Los gatos siempre han sido muy especiales, desde los antiguos egipcios hasta hoy en día. Panther es único, cuídalo mucho.

—Si, Ana y Panther han sido inseparables, aunque a veces tiene un carácter impredecible. José se lo regaló a Ana cuando apenas tenía unos meses y, desde entonces, ha crecido en nuestra casa. Parece que estoy destinada a estar con seres nocturnos, mi marido e hija sonámbulos y el gato siempre activo en las noches —dije, tratando de reír, para aligerar la tristeza que nos envolvía.

Helki se despidió diciendo que volvería, pero que quería darnos espacio para pasar un tiempo entre madre e hija. Al abrazarme me aconsejó:

—Pon tu mano en su corazón y reza, algún mensaje recibirás, si sabes oírlo.

Me pareció un consejo muy extraño, pero como ella era parte de los sabios de su pueblo e hija de un curandero consideré seguir sus instrucciones. Nos quedamos en el cuarto: Ana, Panther y yo. Le pedí a las enfermeras y a Anthony que nos dieran una hora de paz. Necesitaba calmarme y enfocarme en Ana. Decidí bajar el volumen del sonido del aparato que mide los signos vitales. El "beep-beep-beep" me estaba volviendo loca. Tantos años como enfermera cuidando pacientes, pero en ese momento ya no podía soportar ese sonido. Creo que cuando algo no te afecta directamente es fácil de ignorar, por ejemplo, somos especialistas en ignorar la pobreza o problemas sociales hasta que estamos metidos hasta el cuello en ellos. Así me pasó con el "beep-beep-beep"; ya no quería escucharlo, era insoportable.

Me senté en la cama y recé, acaricié el cabello de Ana y a Panther que también quería atención. Después decidí intentar lo sugerido por Helki; suavemente coloqué mi mano en su corazón, porque no quería lastimar sus costillas, así que lo hice muy delicadamente. A pesar del ligero contacto sentí su corazón latir, latía con fuerza, con tanta intensidad que era como si lo escuchara con un estetoscopio. Mi mente, que nunca deja de ser analítica, se cuestionaba "¿cómo es posible que lo pueda sentir y hasta escuchar con mi tacto?". Mil veces había checado el pulso y el latido de mis pacientes, pero jamás lo había sentido con tanta claridad. Me parecía que Ana me estaba diciendo algo y un segundo después, simplemente dejó de latir. Mi corazón también se detuvo por un segundo y con un nudo en la garganta le dije:

—Gracias por regalarme tu último latido; yo te di el primero, en mi vientre, y tú, me has dado el final.

No sé cuánto tiempo pasé sentada ahí con mi mano en su pecho, pero lo que comprendí en ese momento es que los seres humanos entendemos mal el tiempo. La vida la medimos en segundos, minutos, horas, días y años, pero realmente la deberíamos medir en sonrisas, besos y abrazos. Si pudiéramos ser más consientes durante la vida, y no sólo en el momento de la muerte, de que, midiendo la vida en esos términos, la valoraríamos más. "¿Cómo mides tu vida? ¿En quincenas de salario? ¿En casas y coches? ¿En días de trabajo y vacaciones? O ¿En atardeceres y amaneceres observados desde la ventana de tu cuarto? ¿En llantos y risas de los hijos? ¿En besos de tu pareja? ¿Ya escogiste tu unidad de medición? Ahora dime: ¿cuántos años tienes? Creo que eres o mucho más joven o mucho más viejo de lo que dice el calendario." El corazón late de 86,400 a 144,000 veces en un solo día. El de Ana había latido quizás 912,500,000 veces y tuve la fortuna de sentir el último.

Aunque mi alma me dolía, estaba tranquila, en el fondo sabía que había sido lo mejor para ella. No le guardaba rencor a nadie y no quería aferrarme a alguna culpa que sólo me haría sufrir más. Perdida en mis pensamientos, noté que Panther, de un brinco, llegó al respaldo del sillón que daba hacia la ventana. Él puso sus patas delanteras en la ventana, miró hacia afuera, movió la cola y dijo un fuerte:

—¡Miau!

Eso lo hacía Panther siempre que Ana o yo llegábamos del trabajo a la casa, nos saludaba por la ventana. No pude resistir y me levanté para ver por la ventana para checar si había alguien en la calle o el parque que estaba en frente del hospital, pero no había nadie. Acaricié a Panther y le susurré:

—Ya se fue Ana.

El gato me miró fijamente a los ojos, como si tratara de decirme algo, subió la pata un poco más en la ventana y miró hacia afuera y repitió un fuerte:

—¡MIAU!

No sé qué me quería decir Panther, pero en ese momento entró Anthony con mi amiga enfermera. Cuando vieron el monitor de signos vitales se dieron cuenta de que Ana había muerto y se apresuraron para tratar de reanimarla. Le dije a Anthony:

—Déjala, ya pasaron muchos minutos.

—Lo siento mucho —me respondió abrazándome con muchas fuerzas.

Así inmóvil, llorando, me pasé muchas horas.

CUARTA PARTE

Capítulo 19: El Recuerdo Futuro

¡Urgente búsqueda!

Estoy buscando a un veterinario, investigador o entrenador experimentado para un empleo en las reservas animales de Tadoba Andhari y Kabini en la India. Si conocen a alguien con las siguientes características favor de comunicarse conmigo a la mayor brevedad. La contratación es inmediata.

La descripción del candidato que estamos buscando es la siguiente: mínimo 10 años de experiencia como entrenador o investigador, conocimiento o título universitario en veterinaria, dominio del idioma inglés y español, disponibilidad para viajar frecuentemente entre la India y los Estados Unidos de Norteamérica, destreza trabajando con felinos especialmente con las panteras.

Mi nombre es Archana y vivo en la India, cerca de Bangalore. Yo tengo 21 años y esta es la historia de una búsqueda y un encuentro inesperado. En el verano del 2042, mi madre insistió que hiciéramos un peregrinaje juntas para convivir más y para que comprendiera la importancia de las tradiciones de mi cultura. Realmente no me interesaba mucho, ni estaba muy involucrada con las costumbres de cada pueblo, puesto que en la India hay miles de prácticas ancestrales. Es una mezcla de culturas milenarias y, aunque nos hemos modernizado, las costumbres siguen pasando de generación en generación.

No me interesaba mucho asistir, pero quería hacer feliz a mi madre. Nos vestimos con los ropajes tradicionales y la joyería especial que se utiliza en este tipo de ceremonias. Recuerdo muy bien ese día, porque mi madre me regaló un piercing muy hermoso y original, e inmediatamente lo coloqué en mi oreja. Mi madre estaba hermosa y había adornado sus manos con el tradicional Mehandi, que es una pintura hecha con una pasta de henna. Yo también deseaba decorar mis manos, pero ella me respondió:

—Archana querida, este ritual es sólo para las mujeres casadas. Además, tú ya tienes dos símbolos con los que naciste: un anillo en el dedo y dos anillos en la muñeca.

Era cierto, por una extraña razón yo había nacido con esas dos marcas. Su color era muy tenue, pero si prestabas atención, podías reconocer esos dos tatuajes naturales. Mi abuela decía que era una señal de otra vida, otro tiempo u otra dimensión. Sin embargo, yo no creía en semejantes fantasías.

Yo tampoco creía mucho en esas ceremonias religiosas y, mientras caminábamos hacia el festival, mi madre notó mi desinterés y se detuvo para explicarme:

—Esta costumbre es ancestral y con ella las mujeres casadas pedimos que las próximas reencarnaciones sean con la misma pareja con la que estamos casadas. Yo amo mucho a tu padre y aunque él no es de la India, yo quiero pasar la eternidad con él. Por favor respeta mi creencia, aunque no compartas mi forma de sentir.

Efectivamente, yo no comprendía nada de eso y se me hacía absurdo creer que alguien pudiera estar tan enamorado como para amarlo por los siglos de los siglos. No obstante, yo respeto mucho a mis padres y he crecido en una familia muy amorosa. En secreto quería pensar que había una persona especial para mí en este mundo y que quizás en algún momento la iba a conocer. Sin embargo, eso era una idea totalmente absurda para mi sentido común. Seguí caminando al lado de mi madre, observado la alegría en su rostro. En un momento específico de la ceremonia, sólo las mujeres casadas podían proseguir por el camino y los familiares y turistas curiosos tenían que esperar en una plaza cercana al templo.

Perdida en mis pensamientos, cuestionándome si existía algo así como el amor eterno, observaba a todas las personas que estaban ahí reunidas. Me preguntaba si algún día iba a encontrar en mi vida esa persona especial, y si yo iba a ser capaz de reconocerla entre la multitud. Me quedé parada observando a todas las personas que estaban presentes. La India es un país con muchísima gente, coches, bicicletas, motocicletas y animales en las calles. A veces con esa multitud es fácil perderse de los detalles, pero estaba alerta absorbiendo todos los colores y olores de mi país. Especialmente cuando había una ceremonia religiosa, las calles que normalmente lucían empolvadas y sucias cambiaban su apariencia por coloridas y alegres. Había flores, decoraciones y diseños en el suelo hechos con arena de colores. El olor era una mezcla de perfumes, aceites aromáticos, incienso y desafortunadamente también algo de sudor, porque en mi país siempre hay muchas personas y animales en las calles, y era un día muy caluroso.

Yo sabía que pronto iba a dejar mi país natal, porque había decidido ir a estudiar a los Estados Unidos. La Universidad de Miami en Florida ya me había aceptado para estudiar la carrera de biología y me visualizaba siendo algún día una veterinaria exitosa. Mi padre me había animado a estudiar en los Estados Unidos, puesto que él había pasado varios años de su vida viviendo al sur de la Florida. Mi madre no estaba tan convencida en dejarme ir, pero mi padre la tranquilizaba diciéndole:

—No te preocupes, Archana va a volver sana y salva, confía en mí, debemos darle nuestra bendición.

La idea de ir a un país extraño, tan lejano a mi tierra, me atemorizaba, pero a la vez me daba cierta ilusión. Yo presentía que cosas buenas me esperaban del otro lado del mundo, como si alguna parte de mi alma me aguardaba pacientemente en ese lugar. Había escuchado que en la Florida habitaban caimanes, iguanas, serpientes y otros mamíferos como el puma. Yo amaba los animales, en especial a los felinos. Mi padre me había apodado 'mi pequeña pantera' cuando era niña, y cuando crecí muchas veces me ofrecí de voluntaria en las reservas animales, con la esperanza de algún día ver una pantera negra en su hábitat natural. Por esa razón, me habían encargado dirigir un proyecto y la contratación de personal para las reservas de Tadoba Andhari y Kabini. Mientras mi mente dibujaba en mi imaginación diferentes escenarios de mi proyecto y mi vida en Florida, un pequeño mono se sentó en mi zapato.

No sé si el pequeño primate buscaba comida, pero evidentemente yo no tenía ningún alimento que ofrecerle, así que siguió brincando entre la gente hasta que se sentó a los pies de un turista americano. Ese hombre levantó al mono y lo sentó en su hombro, lo cual me pareció algo muy extraño, puesto que los monos callejeros normalmente son muy inquietos y sólo se acercan por comida. Era un hombre de aproximadamente 45 años, ya pintaban algunas canas en su cabeza, tenía un piercing muy extraño en su oreja izquierda y tenía una barba corta. Parecía una persona muy amable y curiosa, porque estaba poniendo mucha atención a la ceremonia. El mono lo empezó a molestar jalando su gorra y su camisa, de tal manera que el señor volteó justo hacia donde yo estaba parada. Tenía unos ojos azules que atravesaron mi alma. Me quedé sin aliento porque era un hombre muy guapo y diferente a las personas que yo frecuentaba. Así, mirándonos, pasaron varios minutos y perdí la noción del tiempo. Quizás era el ambiente contagioso de la ceremonia, pero yo sentía una emoción muy intensa en mi interior.

Él se acercó hacia mí y me dijo:

—Hola soy Jonny.

Yo le contesté tímidamente:

—Yo me llamo Archana, ¿te conozco?

—No, tú no me conoces a mí, pero yo muy probablemente sí te conozco a ti.

Sus palabras no tenían ninguna lógica, ni tampoco el hecho que una joven de 21 años estuviera hablando con un hombre americano mayor de 45. Sin embargo, me sentía muy cómoda y le pregunté:

—¿Qué haces aquí? ¿Estás de visita?

—Vine por un anuncio de un trabajo en las reservas naturales de Tadoba Andhari y Kabini, pero llegué unos días antes porque quería presenciar esta ceremonia. Hace muchos años alguien muy querido me platicó de lo especial que es este ritual.

—Vaya casualidad, yo soy la coordinadora de ese proyecto, puedo entrevistarte de una vez.

—¿Te parece si lo dejamos para mañana? Realmente estoy poniendo atención a la ceremonia. ¿Es verdad que uno puede elegir a su pareja en varias reencarnaciones?

—Para ser extranjero sabes mucho del tema. Efectivamente, de eso se trata este ritual y yo también debería poner atención porque mi madre lo está haciendo.

—El amor infinito realmente tiene que ser algo muy especial —dijo mientras suspiraba.

Me parecía un hombre extraño, pero interesante, así que lo observé por varios minutos. Vi que tenía un anillo dibujado con marcador en su mano y sorprendida le comenté:

—Mira yo tengo una marca similar pero no se distingue muy claramente.

Delicadamente tomó mi mano entre sus manos y la giro para ver mi muñeca y suspiró al ver la otra marca de infinito en mi piel.

—Yo sé que mis palabras no tienen ningún sentido para ti, pero te he buscado por muchos años. Conocí a alguien muy especial, que de alguna manera está relacionado contigo, y que perdí hace muchos años en Tasmania. Esa persona alguna vez me platicó de esta celebración en la India. Ese recuerdo, un sueño y el anuncio de trabajo me trajeron hoy aquí, no es una coincidencia. Te he buscado y esperado por mucho tiempo.

Yo reía de nervios, esa risa nerviosa que te invade cuando no sabes qué decir o qué hacer. Mi mente trataba de encontrar sentido a sus palabras, porque tenía la corazonada de que había encontrado a la persona correcta, al amor de mi vida. Mi madre me lo había platicado hace apenas una hora y yo no creí ni una sola palabra de lo que ella trataba de explicar. En este momento yo sentía paz, felicidad y tranquilidad. Una luz me envolvía. Mi corazón saltó de alegría cuando él, inesperadamente, me dijo:

—¿Archana, te quieres casar conmigo?

Sin titubear contesté:

—¡SI!

¿Fin?

¿Cuantas más claves de amor quedan por descifrar?

www.ingramcontent.com/pod-product-compliance
Ingram Content Group UK Ltd.
Pitfield, Milton Keynes, MK11 3LW, UK
UKHW021935190726
13853UKWH00004B/1467

9 798438 421306